BÄR RÜHRT

ALPHA WÄCHTER, BUCH 6

KAYLA GABRIEL

SCHNAPP DIR EIN KOSTENLOSES BUCH!

MELDE DICH FÜR MEINEN NEWSLETTER AN UND ERFAHRE ALS ERSTE(R) VON NEUEN VERÖFFENTLICHUNGEN, KOSTENLOSEN BÜCHERN, RABATTAKTIONEN UND ANDEREN GEWINNSPIELEN.

kostenloseparanormaleromantik.com

AUSZUG

Er wartete nicht auf eine Antwort, sondern lief die große Sandsteintreppe hinab und zog im Gehen sein Shirt aus. Er entkleidete sich bis auf seine Boxerbriefs, denn ihm war es egal, ob Sophie nun einen Blick auf ihn erhaschte oder nicht. Er war im Moment überwältigt und empfindlich, weshalb er sich momentan nicht auch noch um sie Sorgen machen konnte.

Tatsächlich sollte er sich überhaupt keine Sorgen um sie machen. Das an sich war bereits das Problem.

Das Wasser hatte die perfekte Temperatur, als er hineintauchte, angenehm erfrischend. Die Sonne hatte die Oberfläche gewärmt, aber die tieferen Stellen waren noch schön kühl. Allein das Gefühl des Wassers auf seiner Haut war, als würde er einen lebensrettenden Atemzug machen gerade, als er dachte, er würde ertrinken.

Er schwamm ein Dutzend Runden, langsam und methodisch. Die Anstrengung brannte in seinen müden Muskeln, aber wirkte wie Balsam für seine überspannten Gedanken. Es war meditativ für ihn und er versank so weit in seiner eigenen Welt, dass ihn das Geräusch spritzenden Wassers mitten in der Bewegung erschrocken zusammenzucken ließ.

Ephraim tauchte wieder auf und entdeckte, dass Sophie ins Wasser watete in scheinbar nichts anderem als einem seiner T-Shirts. Die dünne Baumwolle war bereits im Bereich ihrer Brüste und Hüften feucht und klebte an den nassen Konturen ihrer Kurven.

Das war's mit seinem meditativen Zustand. Sein ganzer Körper spannte sich an, sein Schwanz wurde sofort hart, als er beobachtete, wie sie näher kam. Sie schenkte ihm ein verlegenes Lächeln, tauchte unter die Oberfläche und schwamm zu ihm, sodass sie nur einen halben Meter entfernt von ihm wieder auftauchte und Wasser trat.

„Sophie…", warnte er. „Ich denke nicht, dass du näher kommen möchtest. Ich bin gerade wirklich angespannt."

PROLOG

*E*phraim stand auf einem felsigen Hügel, der das Tal überblickte, in dem sein Dorf lag. Seine langen dunklen Haare wirbelten wild um seine Schultern. Er drückte den Rücken durch, während er auf die weit entfernte Talöffnung starrte und beobachtete, wie sich ein Dutzend Dorfkrieger, die aus der Schlacht zurückkehrten, in einer langen Schlange näherten. Ephraim konnte ihre Gesichter aus dieser Entfernung zwar nicht sehen, aber ihre Bewegungen waren langsam und schwerfällig, wirkten beinahe niedergeschlagen.

Oder vielleicht bildete er sich das auch nur ein. Immerhin war es schwer irgendetwas an den Kriegern wahrzunehmen, die im Kontrast zu der Last verblassten, die sie mit sich trugen: einen verhüllten Körper, der auf einer Trage aus Tüchern und dicken Ästen lag.

Ephraims Vater, ebenfalls ein Krieger, der im Kampf mit einem benachbarten Stamm gefallen war.

Die Krieger mit ihren großen Körpern und breiten Schultern zu beobachten, veranlasste Ephraim stets dazu, sich aufrechter hinzustellen, damit er älter und stärker wirkte. Mit seinen vierzehn Jahren maß er sich an dem Standard, den sein Vater und die anderen Dorfhelden setzten. Seine Brüder Elias und Egrel, die beide um mehr als ein Jahrzehnt älter waren, hackten wegen seiner schmächtigen Gestalt beständig auf ihm herum. Es schien sich nie etwas zwischen ihnen zu verändern: Elias der wilde Krieger, Egrel der gerissene Zauberer und der kleine Ephraim, der nie seinen tollpatschigen Füßen und heftiger Angst entwachsen würde.

Vielleicht wirst du nie erwachsen werden, du wirst einfach dein Leben lang an Mutters Rockzipfel hängen, lautete Egrels neuster Spott.

Ephraim realisierte, dass er seine Fäuste fest geballt hatte, nur weil er daran dachte. Sein Vater hatte ihm immer gesagt, er solle Egrels scharfe Zunge und Elias' stille Verachtung ignorieren, aber das war schwierig. Es machte immer den Anschein, als würden seine Brüder irgendeinen Groll gegen Ephraim hegen, als würde hinter ihrer brüderlichen Fopperei mehr stecken. Etwas Tiefergehendes, Hässlicheres.

Als Ephraim seinen Fokus wieder auf die Prozession der Krieger unter sich richtete, überlegte er, dass die Spannungen mit seinen Brüdern vermutlich aus einem Konkurrenzkampf heraus entstanden waren. Ephraim war der Lieblingssohn seiner Mutter und er hatte mehr als nur das dunkle gute Aussehen von seinem Vater geerbt – er besaß auch die Fähigkeit, sich in ein großes, haariges Biest zu verwandeln. Die gleiche Gabe hatte seinem Vater durch ein Leben zahlreicher, epischer Schlachten geholfen. Genau diese Fähigkeit hatte ihren Familienstatus angehoben und ihnen das beste Farmland des Tals eingebracht sowie eine große Anzahl Schafe und Rinder.

Eines Tages sollte Ephraim in die Fußstapfen seines Vaters treten und ein respektierter Krieger werden. Weder Elias noch Egrel konnten sich auf eine derartige Fähigkeit verlassen, um ihren Lebensunterhalt zu bestreiten, obgleich Elias talentiert im Umgang mit dem Schwert war und Egrel im Bereich der Tränke und Zaubersprüche.

„Also haben sie ihn gebracht?"

Ephraim wirbelte herum und entdeckte seine Mutter,

die in der Tür ihres Cottage stand und sich Halt suchend gegen deren Rahmen lehnte.

„Komm, Mutter, ich bringe dich wieder hinein", sagte Ephraim und durchquerte den Vorgarten, um ihr behilflich zu sein.

„Das war dein Vater, oder nicht? Er ist in ein Leichentuch gehüllt", murmelte seine Mutter. Sie war federleicht, sodass Ephraim sie mehr oder weniger zu der notdürftigen Bettstatt trug, die sie neben dem Feuer errichtet hatten. Die Nächte waren zu dieser Jahreszeit kühl und ihre Gesundheit in schlechter Verfassung. Sie hatte sich sogar noch verschlechtert, seit man die Nachricht erhalten hatte, dass Ephraims Vater in einer Schlacht vor einer Woche tödlich verwundet worden war.

„Ruh dich aus, Mutter", sagte Ephraim. „Ich werde deinen Spezialtee holen, damit du besser einschlafen kannst."

„Ich möchte ihn sehen", entgegnete sie, aber er konnte bereits erkennen, dass sie langsam einnickte. „Ich muss ihn sehen…"

Nachdem er sie auf das Lager gebettet hatte und sie tief und fest schlief, trat Ephraim wieder nach draußen. Elias und Egrel standen weniger als fünfzig Schritte vom Cottage entfernt und verstummten beide, als sie Ephraim erblickten.

„Brüder", sagte er und beobachtete, wie sich ihre Haltung versteifte. Beinahe schuldbewusst. „Was wird mit Vaters Leichnam geschehen?"

„Die Krieger errichten bereits den Scheiterhaufen", antwortete Egrel und deutete mit dem Kopf in Richtung Tal.

Es stimmte; Ephraim trat näher, um die Männer seines Vaters dabei zu beobachten, wie sie Holz stapelten, breit und hoch.

„Wird es eine Zeremonie geben?", wunderte sich Ephraim. Normalerweise war der Tod eine Privatangelegenheit und jede Familie trauerte für sich, aber sein Vater war kein gewöhnlicher Dörfler.

„Zweifellos." Elias verlagerte sein Gewicht, die Augen nach unten gerichtet.

„Mutter wird hingehen wollen", sagte Ephraim, in dessen Brust Trauer aufwallte.

„Sie ist zu krank", schnappte Egrel sofort feindselig. „Ich werde nicht zulassen, dass du sie runter ins Dorf schleifst und ihren Gesundheitszustand noch verschlimmerst, nur um ihr einen Gefallen zu tun."

Ephraims Mund öffnete und schloss sich. Egrel hatte einen grausamen Verstand und nahm von allen immer das Schlimmste an. Was konnte man darauf schon erwidern?

„Sie schläft jetzt", informierte Ephraim ihn und wandte den Blick ab.

„Dann lass uns ins Dorf gehen." Elias war niemand, der auch nur ein Wort zu viel sagte, wenn es nicht nötig war. Und wie es schien, war er jetzt auch das Oberhaupt der Familie.

Ephraim nickte und folgte ihnen schweren Herzens.

Als sie nach der Zeremonie zurück den Hügel hinauf stapften, die Asche und Rauch des Scheiterhaufens noch in den Kleidern und Haaren, war Egrel der Erste, der die angespannte Stille zerbrach.

„Ich habe einen Zauberer aus einem entfernten Dorf gebeten, hierher zu kommen und sich Mutter anzusehen", verkündete er und tauschte einen bedeutungsschwangeren Blick mit Elias aus. „Er sollte heute ankommen."

„Einen Zauberer? Ihre Dienste sind sehr teuer. Wie sollen wir ihn bezahlen?", fragte Ephraim stirnrunzelnd. „Unsere Herde ist zu dieser Jahreszeit am kleinsten. Wir können es uns wohl kaum leisten, so viele Schafe wegzugeben, wie er verlangen wird."

„Wir werden eine Vereinbarung treffen", erwiderte Egrel achselzuckend. „Mutters Gesundheit ist am wichtigsten, wie ihr mir sicherlich zustimmen werdet."

Elias grunzte bloß, seine Miene so düster wie eine Gewitterwolke. Irgendetwas verschwiegen sie ihm, da war sich Ephraim sicher. Aber was?

Als sie das Cottage erreichten, wartete der Zauberer bereits auf sie. In viele Schichten wollener Mäntel gehüllt, die Kapuze nach hinten geworfen, sodass ein Schopf vollständig weißer Haare sichtbar war, die viel zu alt wirkten für sein jugendliches Gesicht, beobachtete er sie mit dunkel glänzenden Augen.

„Ich bin Egrel", stellte sich Ephraims Bruder vor. „Das ist der Älteste, Elias. Und der Jüngste, Ephraim."

„Ich bin Crane", sagte der Zauberer und neigte den Kopf. „Ich habe nicht viel Zeit, also lasst uns beginnen."

Ephraim und Egrel drückten sich im Hintergrund herum, während der Mann ihre Mutter untersuchte, ihre dünner werdenden blonden Haare nach hinten strich, ihr in die Ohren schaute und seine Finger auf ihre ausgetrocknete Zunge presste. So ging es einige Zeit weiter. Der Mann betrachtete ihre Handgelenke und Fußknöchel, stellte einige Fragen darüber, ob sie Fieber hatte oder in letzter Zeit irgendwelchen Fremden begegnet war.

Der Zauberer legte sie in das Bett und zog die Decke wieder über sie.

„Es handelt sich um eine Erkrankung des Geistes, eine der am schwierigsten zu heilenden", verkündete er. Er warf Egrel einen bedeutungsvollen Blick zu. „Ich kann etwas zusammenbrauen, das sie heilen wird, aber die Zutaten sind sehr, sehr selten."

„Tun Sie es", sagte Egrel, ohne zu zögern.

Ephraim wollte offen fragen, wie hoch die Kosten sein würden, welche Art Vereinbarung Egrel und Crane und Elias getroffen hatten, aber er fürchtete sich. Er fürchtete, dass Crane seine Mutter nicht heilen würde, fürchtete, dass der Preis, auf den sie sich geeinigt hatten, zu schrecklich und schockierend sein würde. Immerhin gab es keine Möglichkeit Wissen rückgängig zu machen, wenn es einmal laut ausgesprochen worden war.

Der Mann setzte sich an den breiten Küchentisch, räumte die anderen Arzneien und Kräuter ihrer Mutter zur Seite und begann, verschiedene kleine Gläser und Fläschchen irgendwo aus den Tiefen seiner vielen Mäntel zu kramen. Er zog Mörser und Stößel heraus und zerrieb eine Anzahl verschiedener Zutaten, bis er irgendwann eine kleine Menge grünlicher Kräuterflüssigkeit erzeugt hatte, die er in eine Glasphiole füllte.

„Gebt das in ihren Tee, drei Mal täglich, bis es aufgebraucht ist. Lasst keine Dosis aus", ordnete der Zauberer an und reichte Egrel die Phiole. Daraufhin sammelte er seine Sachen wieder ein, stopfte sie zurück in seine Mäntel und erhob sich.

Die dunklen Augen landeten erneut auf Ephraim, was ihm einen Schauder über den Rücken jagte. Crane zog eine Braue hoch und blickte zu Egrel.

„Ich werde meine Bezahlung jetzt mitnehmen", erklärte er nüchtern.

Eine böse Vorahnung kroch über Ephraims Rückgrat den Bruchteil einer Sekunde, bevor Elias und Egrel nach vorne sprangen und jeder einen seiner Arme packten, sie fest hinter seinen Körper zogen und seine Handgelenke mit einem rauen Stück Seil fesselten.

„Was – ?!", war alles, das Ephraim hervorbrachte, ehe Egrel einen scharf riechenden Stofffetzen auf seine Nase und Mund presste. Ephraim würgte wegen des Ölrückstandes, der dem Tuch anhaftete, aber seine gedämpften Proteste sorgten nur dafür, dass er den beißenden Geruch tiefer einatmete.

Seine Augenlider sanken nach unten, dann sein Körper, dann wusste er nichts mehr.

DAS ERSTE, das Ephraim feststellte, als er seine Augen öffnete, war, dass er weit, weit weg von zu Hause war. Die Welt veränderte sich und schwankte in einem gnadenlosen

Rhythmus unter ihm dahin. Da war ein lautes Geräusch. Es rauschte und zischte im Takt mit den Bewegungen des dunklen, beengten Raumes, in dem er lag.

Ein Schiff, wurde ihm bewusst. Er befand sich im Bauch eines Schiffes auf dem Weg zu unbekannten Landen.

Die nächste Realität, derer er sich bewusst wurde, war das Gefühl kühlen Metalls, das sich um seinen Hals und Handgelenke schmiegte. Er konnte das Sklavenhalsband und Handschellen nicht erkennen, sie schienen unsichtbar zu sein. Doch sie lagen schwer und eng auf seiner Haut und waren nur allzu real für ihn.

Als er schließlich den Mut fand, sein dunkles Plätzchen zu erkunden, entdeckte er einen Nachttopf, eine Flasche abgestandenen Wassers und eine Schachtel steinharter Kekse. Einen Tag lang konnte er das Essen oder Wasser nicht einmal anschauen, da sein Körper der grausamen Übelkeit zum Opfer fiel, die von den Bewegungen des Schiffes hervorgerufen wurde. Er hatte noch nie auch nur den Ozean gesehen. Tatsächlich hatte er noch nie sein Dorf verlassen, aber er wusste bereits jetzt, dass er das Meer hasste.

Obwohl er wartete, kam niemand.

Das Schiff schaukelte und schwankte und langsam gewöhnte er sich an das Gefühl und sein Körper passte sich an die neuen Umstände an.

Er teilte sich sein Wasser und Essen ein.

Denn immer noch kam niemand.

Eines Tages veränderte sich schließlich der stete Rhythmus des Schiffes. Die Wellen wurden härter, ruckartiger… und dann stoppte die Bewegung ganz. Eine Tür flog auf und Sonnenlicht strömte in den Bauch des Schiffes. Ephraims Erleichterung und Schrecken waren gleichgroß.

Ein unbekannter Mann mit dunkler olivfarbener Haut winkte ihn zu sich und redete in einer harschen und fremden Sprache auf Ephraim ein. Unsicher, was er sonst tun sollte, und weil er wusste, dass es keinen Ort gab, an den er sich in einem fremden Land wenden konnte, ließ sich

Ephraim vom Schiff ziehen und auf einen Wagen laden, auf dem Schachteln und Säcke hoch gestapelt worden waren. Als wäre es nicht schon offensichtlich, dass er ein Besitz war, eine Ware…

Das unsichtbare Metall seines Halsbandes abtastend, schluckte Ephraim. Seine Augen waren weit aufgerissen und erfassten die geschäftigen Docks und die hoch aufragenden weißen Mauern einer großen Stadt. Der Wagen trug ihn direkt durch diese hellen Mauern, wobei er hunderte verschiedener Dinge passierte: Pferde, Menschen, Häuser, Stände, an denen Leute Essen und Tränke und Schwerter und eine unendliche Anzahl anderer Gegenstände verkauften.

Eine Stadt, dachte Ephraim. *Das muss eine Stadt sein.*

Am Ende von Ephraims Sichtfeld erhob sich ein Marmorpalast in den endlos blauen Himmel. Der Wagen stoppte weit entfernt von diesem vor einem dunklen Holzhaus, das mehrere Stockwerke hoch war, gepflegt und groß. Ein auffälliges Schild zierte die Eingangstür, das in einer Sprache beschrieben war, die Ephraim noch nie gesehen hatte. Es befand sich jedoch auch die Skizze einer verführerischen, lockenden Frau darauf.

Warum sollte Ephraim an solch einen Ort gebracht werden?

Der olivhäutige Mann riss ihn vom Wagen und schubste ihn zu der Eingangstür. Ephraim ging, wobei er sich jetzt hilfloser fühlte als in der Dunkelheit des Schiffbauches. Als er das Haus betrat, begrüßte ihn eine Wolke süßlichen, dichten Rauches. Es war so dunkel, dass er die Augen zusammenkneifen musste, um verschwommene Formen ausmachen zu können. Das Zimmer schien nur aus poliertem Holz und niedrigen Möbeln zu bestehen mit Kissen auf den Böden und einem weich aussehenden Stoff, der über den Fenstern drapiert worden war.

Ephraims Hascher bugsierte ihn durch den Raum in einen schwach beleuchteten Flur im hinteren Teil des Hauses. Ganz am Ende drückte der Mann eine Tür auf, stieß Ephraim in das schlicht möblierte weiße Zimmer und deutete auf ein niedriges, ordentlich gemachtes weißes Bett.

Ephraim nahm Platz, als sich die Tür auch schon wieder schloss und ihn allein zurückließ. Und erneut musste er warten; es hatte den Anschein, als würde der Großteil dessen, was er mittlerweile als sein neues Leben bezeichnete, aus Warten und noch mehr Warten zu bestehen. Es gab nichts, das er betrachten oder erkunden könnte, nicht einmal ein einziges Fenster in dem ganzen Raum.

Nach einer ganzen Weile trat schließlich der Zauberer selbst in das Zimmer.

„Da bist du ja", sagte Crane, als wäre Ephraim irgendwie zu spät gekommen, als hätte er irgendeine Kontrolle über irgendeinen Aspekt seiner aktuellen Lebensumstände. Wenigstens sprach Crane Ephraims Sprache, was ein kleiner Trost war.

„Wo sind wir?", wollte Ephraim wissen, dessen Stimme leicht brach, weil er sie so lange Zeit nicht verwendet hatte.

„Sind wir in diesem Alter?", sagte Crane glucksend. „Das perfekte Alter, um in deinen Schuhen zu stecken, junger Mann. Um deine Frage zu beantworten, du bist in London."

„London", wiederholte Ephraim. „Wo liegt das?"

Crane lachte.

„Nur eine Welt entfernt von dem Ort, an dem ich dich fand."

„Warum bin ich hier? Warum wollten Sie mich von meiner Familie wegholen?" All die Fragen, die er die vergangenen Monate immer wieder im Kopf durchgegangen war, purzelten nun ungebeten aus seinem Mund.

„Du wirst zwar jetzt nicht der gleichen Meinung sein, aber ich denke, ich habe dich vor einem viel schlimmeren Schicksal bewahrt", erklärte Crane und verschränkte seine Arme.

„Schlimmer, als ein Halsband zu tragen?", fauchte Ephraim.

Zu seiner Überraschung kräuselten sich Cranes Lippen belustigt.

„Ich denke, ja. Ich denke, dich hätte ein recht unglückseliges Schicksal ereilt, hätte ich dich nicht als Teil des Handels mitgenommen. Dein Bruder… Egrel, so hieß er doch? Er hat dich gleich zu Beginn angeboten. Und der andere hat ihn nicht aufgehalten."

„Sie lügen", zischte Ephraim. „So etwas würden sie niemals tun."

„Du warst dort", erwiderte Crane, dessen Belustigung verblasste. „Und nenn mich nie wieder einen Lügner. Ansonsten wirst du es schwer bereuen."

„Also bin ich jetzt ein Sklave, stimmt das? Warum möchten Sie mich als Sklaven?", verlangte Ephraim zu wissen, obwohl er jede Menge Zeit gehabt hatte, um sich eintausend fürchterlicher Gründe auszudenken.

„Du bist viel mehr als das. Du bist ein Dschinn", sagte Crane, der das Wort wie *tschen* aussprach.

„Ein Dschinni aus der Wunderlampe?", schnaubte Ephraim, der diese Kindergeschichte recht gut kannte. „Ich bin nichts Derartiges. Ich bin ein Gestaltwandler, genau wie mein Vater."

„Das bist du, ja. Aber jetzt bist du mehr. Du wirst schon sehen", entgegnete Crane. Er zog einen dünnen Kreis glänzenden, geschmiedeten Goldes hervor. An dem Ring baumelten drei lange, elegante goldene Schlüssel. „Knie dich hin."

Ephraim versuchte, seinen Mund zu öffnen, um zu protestieren, aber ein flammender Schmerz schoss durch seinen gesamten Körper. Cranes Befehl donnerte durch seinen Kopf und hämmerte auf seine Gedanken ein, bis er sich auf seinen Knien wiederfand und zu dem Zauberer aufsah.

„Was haben Sie getan?", flüsterte Ephraim.

„Ich habe mir gewünscht, dass du kniest. Ich habe es laut ausgesprochen, während ich die Schlüssel in der Hand hielt", erklärte er und ließ die Schlüssel in der Luft klimpern. „Du hattest keine andere Wahl. Du lebst jetzt, um zu dienen."

„Ihnen dienen? Warum sollte ich das tun wollen?", fragte Ephraim. Er erhob sich schwankend und mit hämmerndem Herzen auf die Füße. Sein Halsband fühlte sich so eng an wie noch nie und er zerrte mit ungeschickten, verzweifelten Fingern daran.

„Das wirst du niemals abkriegen", informierte ihn Crane ruhig. „Du wirst einige Zeit demjenigen dienen, wem auch immer ich dich übergebe. Und dann dem Nächsten… und dann dem Nächsten. So wird es sein."

„Es gibt keine Möglichkeit sich davon zu befreien, jemals?", wimmerte Ephraim.

„Nur wenn dein Meister, derjenige, der die Schlüssel in Händen hält, seinen größten Wunsch aufgibt, um dir im Austausch die Freiheit zu schenken. Und denke nicht, dass du das durch Betteln oder Versprechungen erreichen kannst. Es muss aus freien Stücken heraus geschehen, denn du kannst niemals darum bitten, freigegeben zu werden." Crane neigte den Kopf. „Die Kräfte eines Dschinns werden aufgewogen mit seiner ewigen Knechtschaft. Das ist ein Gleichgewicht, mit dem du schon bald sehr vertraut sein wirst."

Ein Klopfen erklang an der Tür und Crane rief über seine Schulter, dass derjenige eintreten möge.

Die Tür schwang auf, um eine große, dünne Frau hereinzulassen. Sie besaß ein scharf geschnittenes Gesicht und brennende braune Augen, konnte keinen Tag jünger als fünfundsechzig Jahre alt sein… und nichts von ihrem sorgfältig aufgetragenen Puder oder Rouge konnte das verbergen. Sie schenkte Ephraim ein langes, träges Lächeln, das unnatürlich scharfe, perlweiße Zähne entblößte.

„Ah, Bethesda", sagte Crane. „Wie du es verlangt hast, habe ich den jungen Ephraim hier für sein Training zu deinem Haus gebracht. Ich möchte, dass er mit Samthandschuhen angefasst wird. Er ist noch sehr sanftmütig und es wird viele Abnehmer für ihn geben, nachdem deine Kundschaft ihr Interesse verloren hat. Hast du verstanden?"

Crane ließ die Schlüssel vor ihr in der Luft baumeln.

„Ja", fauchte sie und entriss sie Crane mit finsterem Gesicht. Dann wandte sie sich abermals mit diesem grauenhaften Lächeln an Ephraim. „Du bist hübscher als ich erwartet habe. Bist du jemals einem Vampir begegnet, Darling?"

„F-fassen Sie mich nicht an!" Ephraim trat instinktiv einen Schritt zurück, woraufhin Bethesdas Miene so dunkel wie die Nacht wurde.

Sie ließ die Schlüssel auf die gleiche Weise klimpern wie Crane zuvor, verspottete ihn.

„Setz dich auf das Bett." Diese wenigen Worte setzten seine Füße in Bewegung, zwangen ihn einen Schritt nach dem anderen nach hinten zu treten, bis das Bett gegen seine Waden drückte. Er sank langsam nach unten, um sich zu setzen. Wenn er versuchte, Widerstand zu leisten und sich abzuwenden, brannte jeder einzelne Nerv wie ein Wildfeuer. Bethesda grinste erneut und bleckte ihre Zähne. „Es wird schon nicht so schlimm werden. Nun, nicht nach dem ersten Mal."

Bethesda streckte ihre Hand aus und schob ihre Finger in Ephraims lange Haare, packte sie mit festem Griff und riss seinen Kopf zur Seite. Sie entblößte seinen Nacken, wurde ihm bewusst. Bethesdas Lippen teilten sich. Als sich ihr Mund seinem Hals näherte, erlebte Ephraim den ersten wahrhaftigen Moment nackter Verzweiflung in seinem jungen Leben.

1

*A*lso, dann hat er mir eine SMS geschickt und meinte, „wir sollten Netflix schauen und chillen, und ich meinte nur, auf keeeiiinen Fall."

Dawn ließ ihre Kaugummiblase platzen und warf ihre dunklen Haare über die Schulter. Sophie betrachtete ihre Freundin und Kollegin einen Augenblick, während dem sie deren glatte, kakaobraune Haut und makelloses Kleid bewunderte. Dawn war immer wie aus dem Ei gepellt, Makeup und Nägel und Haare passten stets perfekt zum Outfit des Tages.

Sophie blickte an sich selbst hinunter auf ihre abgetragene Jeans und zerknitterte elfenbeinfarbene Seidenbluse und seufzte. Dawn übertraf Sophie immer im anständig-Aussehen-Department, aber heute hatte sich Sophie so richtig gehen lassen. Sie war seit Mittsommer nicht mehr draußen in der Sonne gewesen, weshalb sie jegliche Bräune verloren hatte. Ihre langen blonden Haare waren eine wild zerzauste Masse ungebändigter Wellen und ihre Nägel… nun, es war besser, auf die kleineren Details erst gar nicht einzugehen. Sie waren nicht hübsch.

„Also, dann besaß er doch tatsächlich die Frechheit zu

sagen, ich würde ihn unnötig hinhalten!", regte sich Dawn auf und zog eine Grimasse.

„Mmmhm", machte Sophie. Sie verzog ihr Gesicht und starrte auf den Regen, der gegen die breiten Glasfenster trommelte, die auf die Royal Street zeigten, eine der beliebtesten edel Shoppingstraßen. Das Wetter hatte jegliche Laufkundschaft verjagt, die Sophies kleinen Kleiderladen vielleicht aufgesucht hätte, und Sophie wusste, sie sollte eigentlich einer ganzen Reihe anderer kleiner Aufgaben nachgehen. Sie und ihre Verkäuferin Dawn sollten den Laden von oben bis unten putzen, Inventur machen, einige Kleider mit neuen aus dem Lager austauschen oder wenigstens die eleganten Puppen im Schaufenster neu einkleiden.

Sophie schaute ganz kurz zu den Schaufensterpuppen und wandte dann den Blick ab. Sie wusste nur allzu gut, wie sie aussahen; gekleidet in pastellfarbene Seidenkleider, herausgeputzt im Stil der 50er Jahre. Es war ein hübsches Schaufenster, obgleich es zu diesem Zeitpunkt mehr als zwei Monate alt war. Tränen ziepten jedes Mal in ihren Augen, wenn sie länger als eine halbe Sekunde über diese dämlichen Puppen nachdachte.

Lily hatte diese Outfits ausgesucht. Sie stand dort und kleidete diese Puppen ein, fasste sie an. Sie lächelte und lachte und runzelte die Stirn, während sie das Schaufenster schmückte.

Und dann,

Es war ihre letzte Schaufenstergestaltung, am letzten Tag ihres ganzen Lebens. Es war das Letzte, das sie berührt hatte, bevor…

Daher die Tränen.

„Sophie!"

Sophie drehte sich, um zu Dawn zu schauen, während sie verstohlen an ihren Augenwinkeln rieb.

„Oh, Mädel…", sagte Dawn, hüpfte aus ihrer Hocke hinter der Kasse hoch und lief darum herum, um Sophie zu umarmen. „Wir müssen dir ein Hobby besorgen oder so etwas, Süße. Ich liebe dich, das tue ich wirklich, aber du verbringst deine gesamte Zeit damit, über das nachzugrübeln, was deiner Schwester passiert ist, und überhaupt keine Zeit damit, was *dir* passiert, hier und jetzt."

„Ich weiß", erwiderte Sophie kopfschüttelnd. „Ich stehe morgens auf und denke, dass ich alles im Griff habe, aber bereits zum Lunch bin ich nur…"

„Es ist okay", sagte Dawn und umarmte sie abermals kurz. „Ich dachte, dass wir heute Abend vielleicht zu diesem Wiccan Magiekreis gehen könnten, weil du meintest, dass du keine Magie mehr wirken konntest, seit… in letzter Zeit, meine ich."

„Ich weiß nicht", sagte Sophie und rieb sich mit den Händen übers Gesicht in dem Versuch, sich ein wenig wach zu rütteln. Sie war die ganze Zeit erschöpft, schlief jedoch nie richtig. Zum Teufel, sie tat eigentlich nie irgendetwas… es schien, als würde sie nur dann essen, schlafen und sich um ihre grundlegende Hygiene kümmern, wenn es absolut notwendig war. „Ich spüre kaum noch einen Funken. Allerdings war ich nie mehr als eine niedere Weiße Hexe. Es ist ja nicht so, als würde ich ganz plötzlich wirklich mächtig werden. Ich denke nicht, dass es so funktioniert."

Dawn stieß geräuschvoll Luft aus. Sophie konnte sehen, dass ihre Freundin frustriert war und etwas zurückhielt, das sie sagen wollte, aus Angst, Sophies Gefühle zu verletzen. Es war dieser Tage sehr, sehr einfach, Sophies Gefühle zu verletzen, seit…

„Lily ist gestorben", platzte es aus Dawn heraus. „Deine kleine Schwester ist gestorben. Und es war furchtbar, das Schlimmste, das du jemals in deinem ganzen Leben durchmachen wirst müssen. Ein kleines Stück von dir ist mit ihr gestorben und du wirst es nie wieder zurückbekommen. Ich verstehe das, ich schwöre, das tue ich." Dawn holte tief Luft. „Aber der Rest von dir verkümmert. Diese Sachen, die Schaufensterpuppen nicht zu verändern, deine Weigerung, ihre Asche zu verstreuen, dieses Ding, das du machst, bei dem du einfach losziehst und dich vor das Bellocq setzt und *beobachtest*…"

Sophies Mund klappte auf.

„Du weißt davon?!", quiekte sie, während ihr Gesicht rot anlief. Ja, und? Dann ging sie eben gern zu dem Vampirclub, in dem Lily ihre letzten Lebensstunden verbracht hatte. Nun, sie *ging* viel weniger, als dass sie *draußen saß und grübelte*, wartete auf… irgendetwas.

Einen Hinweis. Eine einzige Idee, was ihrer unschuldigen, freundlichen, warmherzigen achtzehnjährigen Schwester möglicherweise passiert sein mochte. Der einzigen Person, die immer da gewesen war, der einzigen Familie, die Sophie jemals gehabt hatte.

Hatte. Vergangenheitsform.

„Hey!", sagte Dawn und schnippte mit den Fingern. „Genau das hier? Dieses irre Abdriften? Das ist ganz genau das, wovon ich rede."

„Sorry", entschuldigte sich Sophie abermals.

„Nein… entschuldige dich nicht, Soph. Du… du kannst einfach nicht so weitermachen. Du musst in Urlaub fahren oder dich wieder mit dem Wiccan-Zirkel treffen oder… zur Hölle, ich weiß auch nicht. Fang mit Fallschirmspringen an. Irgendetwas! Du musst ausflippen oder neue Kraft tanken oder irgendetwas tun. Alles ist besser als einfach nur jede Stunde des Tages traurig zu sein."

Sophie antwortete nicht, sondern rieb sich bloß wieder übers Gesicht und streckte sich.

„Ich sollte Kaffee holen", verkündete sie in dem Versuch, das Thema zu wechseln.

„Ne, ne", sagte Dawn und verschränkte die Arme. „Du wirst nach Hause gehen und versuchen, ein wenig zu schlafen. Falls du es brauchst, werde ich jemanden anrufen und dir etwas Gras kaufen."

„Iih, nein", entgegnete Sophie, aber Dawn wollte nichts von ihren Protesten wissen.

„Schön! Dann besauf dich, geh joggen, was auch immer. Verausgabe dich, erhole dich. Und wag es ja nicht, auch nur daran zu denken, diese Woche nochmal zurück in den Laden zu kommen. Ich werde Lacey und Maryanne anrufen und wir werden all deine Schichten abdecken."

„Oh, Dawn, das könnte ich nicht", widersprach Sophie und rollte mit den Augen.

Dawn streckte ihre Hand aus und packte Sophies, die sie drückte.

„Ich liebe dich. Das tue ich, ganz ehrlich. Aber wenn du diese Woche nochmal hier im Laden auftauchst, kündige ich. Und ich weiß, dass mir der Rest des Personals folgen wird. Der Laden ist ein Chaos. Lass mich den Rest der Woche die Zügel in die Hand nehmen und wenn du zurückkommst, wird es…", sie hielt nachdenklich inne, „vielleicht nicht perfekt sein, aber besser. Und was noch wichtiger ist, anders."

Sie drehte einen Finger im Kreis, um auf die Kleiderständer hinzuweisen, die langsam Staub angesetzt hatten. Sophie wusste, dass Dawn es nicht erwarten konnte, die Schaufensterpuppen neu einzukleiden, was dazu führte, dass ihr Herz einen kleinen Hüpfer machte. Dennoch war das kein Kampf, den Sophie gewillt war zu führen. Dawn war ihre engste Freundin und manchmal war es besser, ihren Rat einfach anzunehmen.

Außerdem gab es etwas, das sie heute Nacht tun musste…

Und dabei ging es nicht darum, Schlaf nachzuholen.

„Sind Sie sich sicher, dass Sie das tun möchten, Weiße Hexe?"

Der haitianische Akzent der Frau war wie ein Schlag ins Gesicht, ein erschreckendes Stück Realität. Ihre dunkle Haut glühte im Licht des kleinen Feuers, das zwischen ihnen brannte, und ihre Zähne blitzten in der Dunkelheit der schwülen Nachtluft weiß auf. Sie hielt ihre geschlossene Faust über das Feuer, die Handfläche nach unten, und erwartete Sophies Entscheidung.

War das wirklich möglich?

Du halluzinierst das nicht. Du träumst nicht. Du befindest dich tatsächlich in den Tiefen des Graumarkts und bezahlst eine Vodun-priesterin dafür, Zauber durchzuführen, die den Einsatz dunkler Magie erfordern.

Um genau zu sein, Blutmagie. Allein der Gedanke an eine solch dunkle Magie jagte eisige Schauer der Furcht über ihren Rücken. Sie und Lily waren als Wiccan aufgezogen worden, weshalb Sophie keine Entschuldigung hatte. Sie wusste es eigentlich besser, als sich auch nur auf zehn Meter so etwas wie *dem hier* zu nähern.

Sophie, dieses Mal bist du wirklich zu weit gegangen, hätte Lily gesagt.

„Ja", ertönte es aus Sophies Mund eine Sekunde, bevor sich der Gedanke auch nur in ihrem Geist geformt hatte. Momentan handelte sie nur aufgrund von Instinkt und wütendem Schmerz, die keinen Platz für Zweifel und Selbstvorwürfe ließen.

Die Priesterin zog eine Braue hoch und zuckte mit den Achseln. Anschließend ließ sie ein kleines Büschel Haare, die um eine winzige Glasphiole gewickelt waren, ins Feuer fallen. Es zischte und knackte eine Minute und der Geruch verbrennender Haare brachte Sophie zum Husten. Die Priesterin starrte bloß ins Feuer, das plötzlich aufflackerte und die Farbe veränderte.

„Ah", seufzte die Priesterin. „Ihre Schwester ist fort, wie Sie dachten."

„Das wusste ich bereits. Ich habe gespürt, wie sie die Welt verlassen hat", sagte Sophie, obwohl sie das bereits erklärt hatte.

„Geduld", rügte die Frau sie und hob warnend einen Finger. „Da ist noch mehr. Ihre Schwester wurde von einer sehr, sehr gefährlichen Kreatur geholt. Er ist ein Loa, ein großer Geist des Voodoo und Vodun, der eine fleischliche Gestalt angenommen hat, um auf dieser Erde zu wandeln."

„Wie lautet sein Name? Was hat er mit Lily gemacht?" Sophies Kehle zog sich schlagartig zusammen, ihr ganzer Körper war gespannt wie ein Flitzebogen und bereit zum Kampf.

„Ich kann seinen Namen nicht aussprechen, geschweige denn ihn heraufbeschwören", erwiderte die Priesterin kopfschüttelnd. „Er hat Ihre Schwester geholt und ihren Körper als Gefäß benutzt, damit er die Welt der Menschen betreten konnte. Ihre Schwester war noch Jungfrau, nicht wahr?"

„J-ja", flüsterte Sophie, deren Mund ganz trocken wurde. Das war Lilys großes Geheimnis gewesen, etwas, von dem niemand sonst gewusst hatte. Sophies Schwester hatte sich für die Ehe aufgespart, wenngleich sie zu schüchtern gewesen war, um auch nur darüber zu reden.

Dass die Priesterin diese Information über Lily hatte… das ließ das Ganze äußerst plötzlich real werden. Es war ein völliger Schock für sie, zu wissen, dass sich Lily… auf der anderen Seite befand?

„Ist sie jetzt im Himmel?", fragte Sophie, deren Wangen sich röteten. Sie war nicht unbedingt eine Christin, da sie als Heidin großgezogen worden war, aber das war der einzige Begriff, der ihr einfiel, um ihre Frage zu stellen.

Die Antwort war nicht das, worauf sie gehofft hatte. Die Priesterin schüttelte langsam den Kopf und betrachtete sie mitfühlend.

„Nein, ich fürchte nicht, meine Liebe. Sie befindet sich… zwischen den Welten."

Sophie verengte die Augen zu Schlitzen.

„Sie sprechen hier von meiner toten Schwester. Bitte sagen Sie mir, dass sie nicht gerade versuchen, mir irgendeinen Anhänger oder Zauber zu verkaufen, um ihr dabei zu helfen, in die nächste Welt überzugehen", beschuldigte sie die Priesterin.

Die Züge der Frau versteinerten.

„Sie haben mich für das hier bereits bezahlt", sagte sie und schwenkte mit der Hand zum Feuer. „Ich bin keine Diebin. Ihre Schwester befindet sich zwischen den Welten, weil ein Teil von ihr noch immer an dem Loa haftet, obwohl er schon vor langem ihren Körper abgestreift hat. Ich schätze, dass jemand, der so mächtig ist wie er, sich alle paar Tage ein neues Gefäß suchen muss. Vielleicht sogar öfter."

Sophie fühlte sich, als würde ihr das Herz aus der Brust gerissen.

Sie ertappte sich bei der Frage: „Hat sie gelitten?"

Die Priesterin antwortete nicht, was Antwort genug war.

„Ich glaube… ich glaube, dass ein kleiner Teil von ihr noch immer existiert, gemeinsam mit dem Loa. Als ob, wie könnte man das am besten erklären, er auf einem Pferd reitet und sie sitzt hinter ihm?" Die Frau gestikulierte mit den Fingern, um zwei Menschen, die dicht hintereinander saßen, anzuzeigen. „Sie reitet mit ihm, alle Gefäße reiten mit ihm, für immer."

Sophie ließ sich das eine Minute durch den Kopf gehen.

„Wenn es einen Teil von ihr gibt, der noch immer lebt, könnten wir sie zurückholen."

„Wir?" Die Augenbrauen der Priesterin schossen in die Höhe. „Ich nicht."

„Ich wollte sagen, jemand. Jemand *könnte* das tun."

„Das möchten Sie nicht, Weiße Hexe. Sie würden nicht dieselbe Person zurückerhalten, die Sie gekannt und geliebt haben, das versichere ich Ihnen."

„Aber es ist möglich?"

Die Priesterin dachte einen Augenblick darüber nach und schüttelte anschließend den Kopf.

„Nicht auf die Weise, die Ihnen vorschwebt, nein. Und der Körper ist fort… Es ist nichts übrig, das man zurückholen könnte, da bin ich mir sicher." Sie zögerte.

„Verraten Sie es mir", drängte Sophie. „Irgendetwas, egal was."

„Wenn ich an Ihrer Stelle wäre und mir diese Person sehr wichtig wäre, dann würde ich ihren Geist befreien wollen. Ihm ermöglichen, in die nächste Welt überzutreten."

„Das möchte ich, das möchte ich wirklich. Wie kann ich das tun?"

Die Frau schürzte nachdenklich die Lippen.

„Es gibt einen Weg, denke ich. Wenn Sie den Loa vernichten würden… das könnte klappen. Wenn Sie ihn aus der Welt der Menschen reißen und an den Wurzeln zurück in die Welt der Geister schleifen würden. Ihn dann zerstören…" Sie holte tief Luft. „Sie müssten allerdings eine Methode kennen, um einen Loa zu töten. So etwas kommt nur sehr selten vor."

„Könnten Sie so eine Methode finden?", erkundigte sich Sophie, in deren Magen sich Aufregung breit machte.

Ein weiterer nachdenklicher Blick.

„Die Magie, die Sie benötigen würden, um so etwas zu vollbringen, wäre so dunkel… Sie wären nie wieder eine Weiße Hexe. Verstehen Sie das?"

„Schön. Alles", beharrte Sophie.

„Wenn der Loa Sie nicht vorher tötet, wird der Schaden an Ihrer Seele das tun. Es könnte sein… Es könnte sein, dass Sie nach Ihrem Tod nicht die gleiche Welt wie Ihre Schwester betreten, Weiße Hexe. Wäre das ihre Befreiung wert?"

Sophie zögerte nicht einmal.

„Selbstverständlich."

„Schön", sagte die Priesterin. Sie zog ein Stück Papier hervor und kritzelte etwas darauf, bevor sie es Sophie über das Feuer reichte. „Warten Sie, bis Sie wieder von mir hören, Weiße Hexe. Nähern Sie sich dem Loa nicht ohne das Objekt, das ich Ihnen bringen werde. Tun Sie es doch, wird Ihr Versagen garantiert sein."

Sophie öffnete den Mund, um zu antworten, aber die Priesterin hob einen Eimer schwarzer Asche und löschte das Feuer ohne ein weiteres Wort, bevor sie in der Dunkelheit verschwand und Sophie allein in der stillen Nachtluft zurückließ. Sophie taumelte durch die finsteren Seitengassen des Graumarktes, durch die sie überhaupt nur gegangen war, um die Priesterin zu finden, und kam in der Nähe der Eingangstüren des Sloane Krankenhauses heraus.

Als sie wieder unter den trüben Straßenlaternen des

Graumarktes stand, entfaltete sie das Papier, das ihr die Priesterin übergeben hatte.

Darauf standen lediglich zwei Worte: *Papa Aguiel.*

Sie schloss die Augen und verspürte zum ersten Mal eine Art Hochgefühl, seit dem Moment, in dem sie in ihrem Bett aufgewacht und sofort gewusst hatte, dass ihre kleine Schwester nicht länger auf dieser Welt weilte.

Die Rache war so, so nah… und sie würde ihr gehören.

Sophie stand gegenüber von der weitläufigen Residenz der Alpha Wächter, die das Herrenhaus genannt wurde, und wartete. Sie stand bereits seit vier Nächten hier und war sogar so weit gegangen, ein paar der geringeren Schutzzauber des Hauses aufzulösen. Und all das nur, weil sie einem Tipp von einem Bekannten vom Graumarkt folgte, der ihr erzählt hatte, dass die Wächter den gleichen Querulanten verfolgten wie sie.

Papa Aguiel.

Der Name hallte durch ihren Kopf, wieder und wieder, bis sie glaubte, ihr Herz würde im Rhythmus mit seinem Namen schlagen und der Klang dicklich durch ihre Adern fließen. *Pa-pa A-gu-iel, Pa-pa A-gu-iel,* schien ihr Herz zu sagen.

Ein wilder Tumult lenkte ihre Aufmerksamkeit auf die Eingangstreppe des Herrenhauses. Mehrere Leute traten nach draußen und Sophie hob ihr Fernglas. Dort, auf dem Boden. Ein dunkelhaariger Mann in einem langen schwarzen Mantel, zusammengebrochen.

Wie hatte ihr das entgehen können? Die eine Person, nach der sie ihrem Kontaktmann zufolge Ausschau halten sollte.

Ephraim Crane. Zukünftiger Alpha Wächter. Unsterblich.

Und am wichtigsten, ein echter Dschinn. Diese

schwirrten heutzutage nicht einfach frei in der Gegend herum, weshalb sie sich konzentrieren musste.

Sie durfte das nicht vermasseln. Das war ihre einzige Chance, Lily zu retten.

Lily zu befreien, nicht sie zu retten. Sie kann nicht gerettet werden, protestierte eine leise Stimme in ihrem Hinterkopf, doch Sophie brachte sie rasch zum Verstummen.

Sie hatte so hart auf diesen Moment hingearbeitet. Sie hatte Dawn die Schlüssel zu ihrem Laden übergeben, aus heiterem Himmel und ohne Erklärung. Sie hatte nicht vor, jemals wieder zurückzukehren, aber Dawn wusste das nicht.

Sie hatte ihr Haus verschlossen, Dawn eine große Geldsumme gegeben, damit sie sich um die kleine getigerte Katze kümmerte, die sie im Laden hielten, und um alle anderen Ausgaben abzudecken. Mit der Behauptung, sie würde auf eine längere Kreuzfahrt gehen, war Sophie einfach… aus ihrem alten Leben geschlüpft.

Und jetzt war sie hier und alles, was sie wollte, war in greifbarer Nähe. So, so nah.

Der Gruppe an der Eingangstür des Herrenhauses gelang es, Ephraim auf die Beine zu stellen. Sophie hatte nur ein einziges Foto von ihm gesehen, das beinahe so unscharf gewesen war wie sein Gesicht jetzt aus der Entfernung, aber es hatte ausgereicht, um zu erkennen, dass er gut aussehend war. Sie hatte auch noch etwas anderes an seiner Miene erkannt. Konnte aber nicht den Finger darauflegen, was genau es war.

Nicht, dass es von Bedeutung wäre…

Sophie bemerkte, dass ihre Gedanken abschweiften und fragte sich, wann sie das letzte Mal geschlafen hatte. Seit Tagen nicht, mindestens. Sie verbrauchte ihre Magie mit vollen Händen, alles nur auf der Jagd nach dem hier…

Ihr Fernglas senkend, griff sie in ihre linke Tasche und fischte das Objekt heraus, das zu erhalten sie über einen Monat gekostet hatte. Ein hübsches Set bestehend aus drei Schlüsseln an einem Ring, die alle aus dem feinsten geschmiedeten Gold bestanden, das Sophie jemals erblickt hatte. Das Gold schien sich bei ihrer Berührung zu erwärmen, beinahe tröstlich, und glühte irgendwie von innen heraus.

Sie drehte ihre linke Hand mit der Handfläche nach oben und sah die hellgrauen Linien der verzauberten Tinte, die sich dort in feinen Wirbeln wanden. Das einzige Tattoo, das sie besaß. Das Tattoo, das sie mit Lily gemeinsam hatte. Ein frühes Geburtstagsgeschenk zum achtzehnten Geburtstag ihrer Schwester.

nie verloren, stand dort in femininer Schriftart.

immer gefunden, hatte Lilys gesagt.

Wenn das doch nur im Entferntesten wahr wäre, wenn die übermütigen Träume, die sie geteilt hatten, doch mehr als eine närrische Fantasie gewesen wären…

Sie schloss ihre Finger fest um die Schlüssel und versuchte, sich nicht daran zu erinnern, wie es sich angefühlt hatte, als ihr Tattoo in jener Nacht pulsiert hatte. In der Nacht, in der Lily gestorben war. Die dicken, dunklen Tintenlinien waren zu dem hellen Grau verblasst, genauso wie Lily aus dem Reich der Menschen entschwunden war. Ein Notruf von hinter dem Schleier…

Tief Luft holend, rief sie sich zur Ordnung und widerstand dem Drang, mit den Fingern über das Tattoo zu reiben. Wenn Lily sie jetzt fühlen könnte, irgendwie, würde ihre Schwester nicht mit ihrem Verhalten einverstanden sein, da war sich Sophie todsicher.

Aber Lily war nicht hier. Lily war tot und Sophie würde ihre Rache bekommen, selbst wenn es das Letzte war, was sie jemals tat, selbst wenn es sie den letzten Atemzug kostete.

„Du wirst sehr viel verführerischer sein müssen als jetzt", sprach sie zu sich selbst.

Wenn sie es schaffen wollte, sich an den Dschinn ranzumachen und Zugriff auf die Orte zu erlangen, zu denen nur er sie bringen konnte, dann würde sie zumindest vortäuschen müssen, innerlich nicht tot zu sein. Sie probierte ein Lächeln und auch wenn sie es nicht sehen konnte, wusste sie, dass es grauenhaft war.

Egal. Sie hatte Zeit zum Üben. Sie würde alles tun, das nötig war, um den Rest ihrer Mission durchzuführen.

Morgen, dachte sie. *Morgen, beginnt es.*

Nachdem sie die Schlüssel in ihre Tasche gestopft hatte, drehte sie sich um und entschwand in die mondlose New Orleans Nacht.

---

2

*E*phraim tigerte durch die Gemächer, die man ihm im Herrenhaus zugewiesen hatte, da er einfach keine Ruhe finden konnte. Nachdem er einen Tag geschlafen hatte, hatte er bei einem langen Meeting mit den Wächtern über die aktuelle Lage von Papa Aguiel erfahren und dem bevorstehenden Krieg, von dem Mere Marie glaubte, dass er die Stadt und möglicherweise die gesamte Menschheit retten würde. Jetzt allerdings kehrten seine Gedanken zu seinem neuen Meister zurück.

Sophie.

In dem Moment, in dem seine Dienste von einer Person zur nächsten weitergereicht wurden, wurde sich Ephraim immer seines neuen Meisters bewusst. Er erhielt für gewöhnlich einige flüchtige Eindrücke dieser Person, gerade so viel, um ein Gespür für sie zu bekommen und zu wissen, wie sie aussah. Eine kosmische Vorankündigung, um ihm mitzuteilen, wonach er Ausschau halten musste und womit er zu rechnen hatte.

Er hatte diesen Ruck tausende Male gespürt. Im schlimmsten Fall erzeugte dieses Wissen eine Art zähneknirschende Furcht, weil er wusste, dass er eine neue Ansammlung an Hoffnungen und Träumen erfüllen musste. Im besten Fall überkam ihn eine Art träge Langweile, das Gefühl, dieser *Sorte* von Person schon mal gedient zu haben.

Dieses Mal fühlte es sich anders an, auch wenn er nicht sagen konnte warum. Sophie war hübsch. Sie hatte lange blonde Haare, ein herzförmiges Gesicht mit vollen rosa Lippen und eine kurvige, dennoch zierliche, Figur, die Ephraim sehr verlockend fand.

Das an sich war allerdings nicht bemerkenswert. Ephraim hatte hunderten hübscher Menschen gedient, Frauen und Männern gleichermaßen, und er wusste, dass ein gutes Aussehen kein Hinweis darauf war, was sich darunter verbarg. Er hatte diese Lektion schon früh in seinem Leben gelernt und war immer wieder aufs Neue daran erinnert worden.

Nein, das war etwas… anderes. Ein unbestimmtes Gefühl hatte ihn überkommen, aber es glich keinem, das er bei einigen seiner grausameren Meistern verspürt hatte. Wie dem griechischen Bordellbesitzer, der ihn haufenweise Kunden feilgeboten hatte, jedem, der genug Münzen besaß und auf große, dunkle und hübsche Männer mit Ephraims Aussehen stand. Seidige, kinnlange kastanienbraue Haare, helle olivfarbene Haut, leuchtende gelbgrüne Augen. Er war groß und breit, da er zum Ebenbild seines Vaters geworden war, ein muskulöser Krieger.

Seine Lippen wurden schmal bei dem Gedanken an den streichholzdünnen, blassen, kahlköpfigen Bordellbesitzer. Eine der dunkelsten Seelen, denen er in seinem ganzen Leben begegnet war.

Doch keiner war schlimmer gewesen als der Meuchelmörder. Ephraim war einem zwielichtigen Sklavenbesitzer übergeben worden, der 'Trümpfe', wie er sie nannte, kaufte und trainierte zu einem einzigen Zweck: Mord, schnell und grausam, dennoch unbemerkt.

Wie viele hatte Ephraim für den Mann getötet? Hunderte? Eintausend?

Da der Meuchelmörder ihm eine Mohntinktur, die später als Opium Bekanntheit erlangte, verabreicht hatte, war Ephraim nur allzu leicht in diese Rolle geschlüpft. Im geräumigen Wohnzimmer des Herrenhauses stehend, blickte Ephraim hinab auf seine Hände und staunte darüber, dass es ihm gelungen war, all das Blut und die Eingeweide von ihnen zu waschen und sie wieder zu sauber zu bekommen.

Er ballte seine Hände zu Fäusten, während seine Gedanken zu seiner aktuellen Besessenheit zurückkehrten.

Sophie, Sophie. Wo bist du?

Er hatte sie einige Tage gesucht, wobei er sich fast völlig verausgabt hatte. Bevor er sich auf der Türschwelle der Wächter wiedergefunden hatte, hatte er sich durch das Versteck eines Kriiluuth Dämonen gekämpft, weil ihm zu Ohren gekommen war, dass Sophie sich angeblich dort aufhalten würde.

Er hatte kein Glück gehabt, aber es warf doch die Frage auf, in welcher Art von Schwierigkeiten seine neue Meisterin wohl stecken mochte. Das Versteck des Kriiluuth befand sich in einer der dunkelsten, entferntesten Ecken der labyrinthartigen Welt des Graumarktes. Bei den wenigen Bildfetzen, die er von ihr erhalten hatte, hatte sie mit Freunden gelacht, getanzt und war als Teil der Second Line einer Parade gefolgt, wobei sie viel Spaß gehabt hatte. Außerdem hatte er gesehen, wie sie sorgfältig Kleider zusammengelegt und Dinge in einem Laden organisiert hatte, in dem sie vermutlich arbeitete. Sie trug knallig bunte, stylische Kleider und war tadellos gepflegt und herausgeputzt.

Diese Person wirkte unbeschwert und gut. Sogar freundlich. Nicht so, als trüge sie eine bodenlose Leere in sich, was die vorwiegende Eigenschaft der Menschen war, die in den Besitz von Ephraims Schlüsseln gelangten. Niemand geriet zufällig an einen Dschinn; es passierte entweder mithilfe des Schicksals oder durch jede Menge harte Arbeit und natürlich *brauchte* die Person ihn unleugbar. Brauchte Dinge von ihm. Dunkle und gefährliche Dinge.

Also was trieb sie in den zwielichtigen Ecken des Graumarktes?

Ephraims Lippen kräuselten sich. Vielleicht war das alles auch nur Wunschdenken. Keiner von den Leuten, die ihn besessen hatten, war irgendetwas anderes als egoistisch gewesen, nur fokussiert auf seine eigenen Bedürfnisse und sonst nichts. Warum sollte Sophie anders sein?

Ephraim würde alles tun, worum sie bat. *Musste* es tun. Wenn sie sagte, er solle von einer Brücke springen, dann würde er das tun. Einen Welpen töten? Er würde es tun, wenn der Schmerz schlimm genug wurde. Eine Aufgabe vollbringen, die so unfassbar und unmöglich war, dass allein darüber nachzudenken, einen normalen Mann zerstören würde? Erledigt. Irgendwie, auf irgendeine Weise.

Das war die verführerische Kraft von Ephraims Gabe. Der niemand jemals hatte widerstehen können, nicht in eintausend Jahren.

Sie würde nicht ihren größten Wunsch opfern, nur um Ephraim zu befreien, ganz egal, wie nett sie auch sein mochte. Wer, der bei klarem Verstand war, würde das schon tun im Angesicht dessen, was Ephraims Mächte ihm geben könnten? Warum verspürte er überhaupt diesen winzigen Funken Hoffnung?

Ephraim erstarrte und der Gedanke zerrann wie Sandkörner durch seine offenen Finger.

Sophie. Er konnte sie *spüren.* Sie war in der Nähe und wartete auf ihn.

Er ließ sich von der Empfindung ihrer Anwesenheit in die Eingangshalle des Herrenhauses und nach draußen ziehen. Sein Mund klappte auf, als er sie am Gehweg stehen sah, nur hundert Meter entfernt. Die kultivierte, gut gekleidete, lächelnde Frau, die er in seinen Visionen gesehen hatte, war verschwunden.

Diese Frau war von Kopf bis Fuß in schwarzes Leder und Jeans gehüllt und ihre blonden Haare zu einem strengen Pferdeschwanz nach hinten gebunden. Sie war noch immer hübsch, daran gab es nicht zu rütteln, aber sie umgab auch eine Aura, die geradezu schrie: *Frau auf einer Mission.*

Zuerst dachte er, dass ihre Schönheit einfach so magnetisch wäre, dass er sie so anziehend fand. Doch dann regte sich irgendein kleiner Teil in Ephraim, den er tief in seinem Inneren verborgen hatte… irgendein resoluter, unbestreitbarer Teil seiner Selbst und dieser war sich seiner Sache sicher.

Gefährtin.

Er machte einen Schritt auf Sophie zu und sie bewegte sich zur gleichen Zeit auf ihn zu. Ihr Kinn reckte sich und einen Augenblick dachte er, er hätte auf ihrem Gesicht denselben Ausdruck gesehen, dachte, er hätte gesehen, wie sich ihre Pupillen geweitet und zusammengezogen hatten, wodurch ihre klaren blauen Augen erst heller und dann dunkler geworden waren in der Geschwindigkeit eines Herzschlags.

Sie fühlt es auch, dachte er.

Dann hob sie ihre Hand und ein Aufblitzen von Gold zog seinen Blick auf sich. Ephraims Moment brennender, blinder Hoffnung flackerte auf und erstarb dann, als er sah, was sie vor seinen Augen hochhielt.

Seine Schlüssel.

Er musste sich einmal heftig schütteln, um den schmerzhaften Druck in seiner Brust zu stoppen.

Was hast du erwartet?, schalt er sich. *Das ist genau das, was passiert, wenn du so dumm bist zu hoffen. Du weißt es doch besser.*

Als er näher kam, bemerkte er, dass Sophies Kleider nicht das einzig Dunkle an ihr waren. Ihre Aura leuchtete einen kurzen Augenblick auf, ruhiges Lavendel und Rosa und Weiß in der Nähe ihres Herzens. Nach außen hin wurde sie jedoch dunkler. An den Rändern verdunkelte sie sich von königlichem Lila zu Mitternachtsblau zu Schwarz wie bei einem Blatt Papier, dessen Ränder angesengt wurden.

Sie befand sich im Übergang, ihre Aura verdunkelte sich allmählich, während sie die innere Quelle ihrer Magie befleckte, zweifelsohne mit sehr dunkler Magie. Noch ein Rätsel, ein weiteres Puzzleteil, das perfekt dazu passte, dass sie auf dem Graumarkt Dämonen verfolgte.

Plötzlich war sie nur noch wenige Schritte entfernt von ihm und musterte ihn von Kopf bis Fuß.

„Wie heißt du, Dschinn?", fragte sie mit schmalen Augen, als rechnete sie mit Protesten seinerseits.

„Ephraim", antwortete er und ließ seinen Kopf einige Zentimeter sinken. Sie war umwerfend und verführerisch und er wollte nichts lieber tun, als näher zu ihr zu treten. Sie zu berühren, sie zu schmecken.

Gefährtin, hallte es jetzt immerzu durch seinen Kopf. *Gefährtin. Gefährtin. Gefährtin.*

Nachdem sie ihm jedoch die Schlüssel präsentiert hatte, fühlte er sich wegen seines Verlangens… schmutzig. Schwach. Er hielt den Blick gesenkt, weil er nicht gewillt war, ihr all die Emotionen zu offenbaren, die zweifellos durch seine Augen huschten. Er war noch nie jemand gewesen, der seine Emotionen gut verbergen konnte, vor allem weil es keinen seiner Meister jemals interessiert hatte, wie er sich fühlte.

Jetzt allerdings… er würde ihr diesen Teil von sich nicht geben, nicht, wenn er es verhindern konnte.

„Du bist der Einzige, der mir helfen kann, Ephraim", sagte sie, einen sanften, melodischen Klang in der Stimme.

Seine Lippen bogen sich zu einem humorlosen Lächeln.

„Das ist nicht das erste Mal, dass ich diese Worte höre", erwiderte er und neigte den Kopf. „Ich schätze, du solltest reinkommen. Die Wächter haben auf dich gewartet."

Ihm entging die Überraschung auf ihrem Gesicht nicht, aber er kehrte ihr den Rücken zu und marschierte ins Haus, ehe er noch mehr hineininterpretieren konnte. Mehr über sie zu erfahren und die Neugier auf sie, die sein Inneres füllte, noch weiter zu entfachen, würde nur zu der tiefsten Sorte von Enttäuschung führen.

Mere Marie wartete drinnen auf sie, wo sie in einem

gepolsterten Zweisitzer thronte, ihre voluminösen weißen Roben wie eine Wolke um sie herum ausgebreitet.

„Das ist Sophie?", fragte Mere Marie, die zynisch eine Braue hochzog. Ihre Augen glitten über Sophie und lasen zweifellos ihre befleckte Aura, wie es Ephraim noch vor wenigen Augenblicken getan hatte.

„Das ist Sophie", bestätigte Sophie, deren Brauen sich zusammenzogen, als sie die Stirn in Falten legte. „Sie müssen Marie La – "

„Mere Marie", sagte Rhys, der große rothaarige Schotte, der als Oberhaupt der Wächter fungierte. „Ich bin Rhys. Lass mich die Vorstellungsrunde übernehmen. Wir duzen uns hier übrigens alle."

Er ging reihum und stellte ihr fünf der Wächter und deren jeweilige Gefährtinnen vor, wobei er erklärte, dass einer der Wächter ein Neugeborenes hatte und daher nicht in die Planung involviert sein würde. Ein Paar identischer Feen, die auch für Ephraim neu waren, wurden als die neuesten Wächter vorgestellt.

„Ich bin Kieran, das ist Kellan. Unsere Gefährtin arbeitet momentan", erklärte einer von ihnen in einem starken irischen Akzent. Er verdrehte die Augen. „Sie meint, sie wäre weniger an der bevorstehenden Apokalypse interessiert und mehr daran, *Menschen zu helfen*."

„Sie ist Ärztin", mischte sich der andere ein, während er seinem Bruder den Ellbogen in die Rippen stieß. „Wir sind unglaublich stolz auf unsere Sera."

„Richtig", sagte Mere Marie, nachdem das höfliche Geplänkel abgehandelt war. „Du bist genau zur richtigen Zeit hergekommen, der Planungsphase."

„Der Planungsphase von was genau?", erkundigte sich Sophie und verschränkte die Arme. Ihr Blick schweifte durch den Raum und erfasste alles. Ephraim konnte erkennen, dass sie gerissen und ganz gewiss intelligent war. Die dunklen Ringe unter ihren Augen und die Anspannung ihrer Schultern zeugten von einer knochentiefen Erschöpfung; die liebreizende Sophie spielte eindeutig nicht nur mit dunkler Magie herum, sondern war auch vor irgendetwas auf der Flucht.

„Dem Niedergang Papa Aguiels", antwortete Mere Marie und ahmte Sophies Haltung nach, indem sie ihre Arme verschränkte und ihre Kiefer zusammenpresste. „Deswegen bist du doch hier, oder nicht?"

Sophie wirkte erneut überrascht, aber überspielte das schnell mit einem schlichten Nicken.

„Deswegen bin ich hier", bestätigte sie.

Mere Marie und Sophie plauderten einige Minuten miteinander, wenn man es denn so nennen konnte. Es handelte sie viel eher um kaum verhohlene Anschuldigungen und Seitenhiebe, doch Ephraim hielt sich raus. Seine Loyalität galt letztendlich demjenigen, der seine Schlüssel besaß, nicht den Wächtern. Es war sinnlos sich bei einem Streit auf eine Seite zu schlagen, wenn doch alles, das er sagte, ihm später schaden könnte.

Anstatt sich an dem Gespräch zu beteiligen, studierte er sie bloß in dem Versuch, die Verbindung zu verstehen, die er zu ihr verspürte. Sein Bär merkte auf, war an Sophie interessiert und verlangte vorsichtig von Ephraim, dass er näher und noch näher zu ihr treten sollte.

Wenn es doch nur so wäre, lamentierte er. Nein, das musste eine Art grausamer Witz sein. Er hatte immer gehofft, eine Gefährtin zu finden auf die Art, wie sein Vater seine Mutter gefunden hatte. Auf den ersten Blick, alles verzehrend, vorherbestimmt. Aber er hatte sich vorgestellt, dass es geschehen würde, wenn es ihm gelungen war, sich zu befreien.

Er hatte seit beinahe einem Jahrhundert nicht mehr davon geträumt, frei zu sein, und sein Verlangen, eine Gefährtin zu finden, war schon lange davor gestorben. Ephraim blickte mit zusammengekniffenen Augen in die Ferne in dem Bemühen, den Moment festzulegen, an dem er die Hoffnung auf eine eigene Familie und Gefährtin aufgegeben hatte, aber er konnte ihn nicht einmal annähernd bestimmen.

Vielleicht im Bordell in Griechenland. Auf einer Liege ausgestreckt, mit einer Augenbinde und gefesselt, während er von einer masochistischen Frau, die dreimal so alt war wie er, hart geritten wurde, die ihm die Nägel über den Körper zog und ihn anbrüllte, sie zum Höhepunkt zu bringen… Ja, irgendwann zu diesem Zeitpunkt, wenn er raten müsste.

Als das Meeting plötzlich aufgelöst wurde, realisierte Ephraim, dass er sie fast zehn Minuten lang angestarrt hatte, ohne auch nur ein Wort von dem zu hören, was gesagt wurde, geschweige denn, sich an dem Gespräch zu beteiligen. Rhys schlug Ephraim auf die Schulter und bedachte ihn mit einem wissenden Blick.

„Es ist für alle schwer", sagte er leise.

„Was?", fragte Ephraim, der die Hand des anderen Wächters sanft abschüttelte.

„Deine vom Schicksal vorherbestimmte Gefährtin zu treffen. Keiner von uns hatte einen leichten Start", vertraute Rhys ihm an.

Ephraim versteifte sich. Woher konnte der andere Mann von der Anziehung wissen, die Ephraim empfand?

„Die Pheromone spielen gerade verrückt", erklärte Rhys und zog eine Braue hoch. „Bei euch beiden."

„Ephraim?", rief Sophie.

Ephraim antwortete Rhys nicht, sondern wandte sich ab, um sich stattdessen Sophie zu widmen. Dem geringeren von zwei Übeln, in diesem Fall.

„Können wir irgendwo hingehen, wo es… ruhiger ist?", fragte sie mit gerunzelter Stirn. Ihre Wangen röteten sich, obwohl sich Ephraim nicht vorstellen konnte warum. Er sah sich um und zuckte mit den Achseln.

„Nach draußen?", schlug er vor.

Das kurze Aufblitzen von Enttäuschung in ihren Augen hätte seiner Einbildung geschuldet sein können, aber er glaubte es nicht.

„Gut", sagte sie und führte den Weg an zu einer gläsernen Schiebetür und hinaus in den Garten.

Als sie im Mondlicht standen, allein und außer Sichtweite der anderen, verschränkte sie die Arme und betrachtete ihn abschätzend.

„Also, was ist das?", wollte sie wissen und schürzte die Lippen.

„Was ist was?", fragte Ephraim, der damit zu kämpfen hatte, seinem Satz nicht das Wort *Mistress* anzuhängen. Ephraim mochte zwar ein dominantes, auf die Welt misstrauisches Arschloch sein, aber irgendein Teil von ihm wollte unbedingt diese Frau zufriedenstellen. Diese Schwäche bereitete ihm große Übelkeit, aber er zwang sie einfach hinunter.

„*Das hier*, das hier", sagte sie und gestikuliert abwechselnd auf sie beide. „Diese… Anziehung. Spürst du es nicht?"

Ephraim nickte, aber wagte es nicht, dem noch etwas hinzuzufügen.

„Nun?", fragte Sophie mit scharfer Stimme. Nach einem Moment wurde sie etwas sanfter. „Du spürst es nicht, oder?"

Ephraim stieß schnaubend ein Seufzen aus und fuhr sich mit den Fingern durch seine dichten, dunklen Haare.

„Natürlich spüre ich es", fauchte er.

Ihre Brauen hoben sich in einem delikaten Bogen.

„Wenn du weißt, was es zu bedeuten hat, möchte ich, dass du es mir erzählst", verlangte sie.

Seine Augen sanken auf ihre Hände, um zu überprüfen, ob sie die Schlüssel in der Hand bereithielt.

„Ist das ein Befehl?", erkundigte er sich.

„Nur, wenn es sein muss", schoss sie zurück.

Er bleckte die Zähne, aber hielt die bissigen Worte, die aus ihm herausplatzten, nicht zurück.

„Es kann nicht sein. Ich dachte, wir wären – " An diesem Punkt musste er sich selbst unterbrechen und schüttelte bloß den Kopf.

„Was? Erzähl es mir, Ephraim!", beharrte sie.

„Ich dachte, wir wären Gefährten", zischte er. Das Wort

schmeckte sauer auf seiner Zunge, eine Unmöglichkeit. Das Schicksal, seine Feindin in all diesen Jahren, nicht einmal sie konnte so grausam sein. Eine vorherbestimmte Liebe, seine eigene Gefährtin… eine Meisterin, der er gehörte, die seinen jeden Atemzug kontrollieren konnte.

Es war undenkbar. Ephraim konnte sie keine Sekunde länger anschauen, da das Eis in seiner Brust Risse bekam und diese zu schmerzen begann. Er wirbelte herum und ging zurück ins Haus aus Furcht, sie könne ihm einen weiteren Befehl erteilen.

3

P latsch.

      Papa Aguiel starrte finster hinab auf den Fleischklumpen, der über seinem Knie auf dem Anzug gelandet war und nun dort klebte. Er hob seine Hand und entdeckte, dass sich der dunkle Hautfetzen in der Nähe seines linken Ohres gelöst hatte.

Kopfschüttelnd zückte er den zeremoniellen Dolch und machte weiter. Er wechselte die Gefäße mittlerweile mindestens einmal am Tag und seine Auswahlmöglichkeiten an geeigneten Jungfrauen gingen so langsam zur Neige.

Egal, dachte er bei sich und es stimmte. Seine Angewohnheit, Körper zu wechseln, kam zu einem Ende, denn er hatte endlich all die Objekte beisammen, die er benötigte, um das Ritual zu beenden. Den Dolch, der den Händen eines tibetischen Magiers entrissen worden war, der ihn ein ganzes Kith-Leben lang aufbewahrt hatte. Eine Phiole Drachenblut, die er bei der jüngsten Schlacht gegen die Alpha Wächter gewonnen hatte. Und ein Glas mit Essenz, das Produkt monatelanger Anstrengungen Papa Aguiels, all seine Hoffnungen und Ängste und Familienbande auf magische Weise in ein schlichtes Schraubglas gepresst.

Er marschierte durch die dunkle New Orleans Nacht und seufzte erleichtert auf, als er schließlich unter dem Highwayübergang hindurchlief. Über ihm rasten und brummten Autos über die I-10, aber er schenkte ihnen keine Beachtung.

Er sah sich um, um sicherzugehen, dass keine Fußgänger in der Nähe waren. Er konnte es nicht gebrauchen, dass irgendjemand die Funktionsweise seiner Magie sah, eine reine Vorsichtsmaßnahme. Er fand genau die Stelle, die er brauchte, den Ort, an dem sich all die Tore von Guinee trafen.

Kein besonders vielversprechender Ort für die Magie, die er gleich wirken würde, aber auch das war nicht von Bedeutung. Das Einzige, das zählte, war seine Aufgabe, welche den Zerfall seines momentanen Gefäßes stoppen und ihm zur letzten Phase seines großartigen Plans verhelfen würde.

Papa Aguiel schüttelte sich leicht in dem Bemühen, das Energielevel seines zerfallenden Körpers anzuheben. Er nahm das Glas mit Essenz und bedachte es mit einem letzten Blick. Dann zuckte er mit den Achseln und zertrümmerte es unzeremoniell auf dem Boden vor sich, womit er eine Falle für freundliche und verwandte Geister legte, die ihn während des letzten Abschnitts seiner Reise mit Energie versorgen würden.

Als Nächstes schüttete er die Phiole Drachenblut aus, das heftig rauchte, als es auf die Essenz traf. Der Boden kräuselte sich und bebte, wodurch er für die gesamte Welt wie ein lebendiges Wesen wirkte, und der Schleier zwischen den Welten wurde schwach schimmernd sichtbar.

Papa Aguiel grinste, als er halb nach vorne sprang, halb stürzte und den Dolch tief in den Schleier bohrte und nach oben riss. Der Schleier teilte sich so mühelos wie Fleisch unter einem Skalpell und klappte zurück, um ein dunkel glühendes Portal zu offenbaren.

Erfolg.

Er hielt seine Hände empor und ließ seinen ach-soschweren Kopf auf seinem schwachen Hals nach vorne rollen, dann begann er mit der richtigen Arbeit. Er rief die Geister herbei, die ihn stärken und kräftigen würden, die ihm zur Herrschaft über das Reich der Menschen verhelfen würden.

Nicht einmal die Wächter würden ihn jetzt stoppen können.

Nach einigen Momenten glitt die erste zögerliche Schwade eines Geistes durch den Riss im Schleier und in die Welt, wo er um Papa Aguiels sterbenden Körper schwebte.

Er sog tief die Luft ein und atmete den Geist vollständig in seine Lungen. Er stärkte ihn, der Erste von vielen, die das Gleiche bewirken würden.

Er grinste erneut, spürte seine spröden Lippen, die sich auf einem Gesicht neu formierten.

„Es beginnt."

4

Ich dachte, wir wären Gefährten.

Sophie blieb im Garten zurück, nachdem Ephraim davongestürmt war. Die Wahrheit seiner Worte hallte durch sie, erschütterte sie bis ins Knochenmark.

„Fuck!", fluchte sie und presste ihre Fingerknöchel gegen die Zähne.

Das konnte nicht passieren. Sie konnte keinen Gefährten haben, nicht jetzt… nicht *ihn*. Vor sechs Monaten hatte sie aktiv nach einem Lebenspartner gesucht und war Tagträumen über das Leben mit einem Gefährten und von Hochzeitsglocken nachgehangen. Sie wünschte sich eine große Hochzeit im Stil der Menschen, zusätzlich zu einer Wiccan-Zeremonie und was auch immer die Traditionen ihres Gefährten sein mochten.

Und Ephraim entsprach ihrem bevorzugten Typ Mann bis in die Haarspitzen. Seine große, feingeschliffene Gestalt, glatten dunklen Haare und leuchtenden gelb-grünen Augen entzündeten jedes Nervenende in ihrem gesamten Körper. Zur Hölle, vor sechs Monaten wäre Sophie direkt auf ihn zugegangen und hätte ihn gebeten, sie augenblicklich ins Bett zu bringen.

Doch die Sophie von vor sechs Monaten hatte nicht den

Verlust erleiden müssen, mit dem die gegenwärtige Sophie zu kämpfen hatte. Und keine noch so große Freude konnte die Probleme aus der Welt schaffen, die in ihrer momentanen Lage präsent waren.

Probleme, wie beispielsweise: *was passiert, wenn dein Gefährte auch dein Sklave ist?*

Sophie glaubte, sie würde tatsächlich in Ohnmacht fallen. Sie lief zu dem hohen Holzzaun, der den Garten des Herrenhauses umgab und setzte sich, wobei sie sich gegen den Zaun lehnte, während sie ihr Gesicht in den Armen vergrub.

Zum ersten Mal, seit sie Papa Aguiels Namen erfahren hatte, überwältigte sie das schiere Ausmaß ihrer Aufgabe und ein Schluchzen entriss sich ihrer Kehle.

Was zum Geier hatte sie getan, um das zu verdienen? Zuerst wurde Lily aus ihrem Leben gerissen, jetzt wurde ihr ein Gefährte gegeben, den sie niemals haben konnte? Denn wenn Sophie sich erst einmal genommen hatte, was sie von ihm wollte, würde sie tot sein oder zumindest so von dunkler Magie verdorben, dass sie nie wieder in dieses Reich zurückkehren und im Licht leben konnte.

Sie schnappte mehrmals nach Luft und versuchte, rational zu denken.

Es gab mehr als eine Art von Schicksal, oder nicht? Vielleicht war er ja vom Schicksal zu ihr geführt worden, damit er ihr half Papa Aguiel zu vernichten. Vielleicht war es Sophie einfach nicht bestimmt, einen romantischen Gefährten zu haben. Stattdessen hatte das Schicksal ihr den Mann geschickt, den sie am meisten brauchte, und ihn an sie gebunden, um ihr die Mission zu erleichtern.

Wenn Ephraim sich heftig und schnell verliebte, so wie er es gemäß den Geschichten über Schicksalsgefährten tun sollte, dann würde er immerhin tun, worum sie ihn bat… ganz gleich, was sie von ihm verlangte. Vielleicht würde er sie nicht einmal anzweifeln und ihr einfach den Weg frei räumen, damit sie ihr Ziel erreichen konnte.

Ihre Schwester rächen, die Welt retten.

Ein kaltes Lachen sprudelte über ihre Lippen.

Ist das alles?, fragte sie sich. *Bloß die Rettung der Menschheit, keine große Sache.*

Ihre Hand in die Jackentasche schiebend, kramte sie die Schlüssel hervor, die Ephraims gesamtes Leben diktierten. Sie wurden in ihren Händen erneut warm, was ihr einen Schauder über das Rückgrat jagte.

Was wird nur aus dir?, fragte eine kleine Stimme, aber Sophie konnte, würde nicht auf sie hören. Sie stopfte die Schlüssel zurück in die Tasche ihrer Lederjacke und stand auf. Währenddessen ignorierte sie das hartnäckige Wispern.

Falsch, falsch, falsch.

Sie schob ihren linken Ärmel zurück und betrachtete abermals ihr Tattoo, dessen Linien so hell waren, dass sie im Mondlicht fast silbern wirkten. Sie holte tief Luft und suchte ihre innere Mitte.

Ein Gefährte konnte warten, aber Lilys *Seele* hing in der Schwebe. Ganz zu schweigen davon, dass Papa Aguiel allem Anschein nach, die Erde in Blut tränken würde… und das war nur der Anfang.

„Du tust das Richtige", flüsterte sie bei sich und ignorierte die brennende Taubheit in ihren Lippen. „Du tust das Einzige, das du tun kannst."

Mit diesen Worten wischte sie über ihre feuchten Wangen und richtete ihre Haare. Dann stieß sie geräuschvoll Luft aus, als ihr bewusst wurde, dass sie sich zurecht machte. Für *ihn*.

Denjenigen, der nicht dazu bestimmt war, ihr romantischer Gefährte zu sein, wie sie gerade erst beschlossen hatte.

Verflixt, Mädel. Reiß dich zusammen.

Sie stählte sich und ging zurück in das Haus, wo sie feststellte, dass Ephraim nicht weit gegangen war. Er stand in der Küche, seine Miene dunkel und verschlossen, und starrte nachdenklich in eine Kaffeetasse.

„Du musst eines verstehen", sagte sie, die Nettigkeiten überspringend.

Ephraim bedachte sie mit einem neugierigen Blick,

sprach jedoch nicht. Emotionen huschten wild über sein Gesicht, doch ohne ihn besser zu kennen, konnte Sophie nicht einmal hoffen, ein paar von ihnen zu erraten.

„Ich werde Papa Aguiel vernichten. Alles andere interessiert mich nicht und ich werde nicht eher aufhören, bis er tot ist… oder ich." Sie warf ihm die Worte hin wie einen Fehdehandschuh und forderte Ephraim stumm heraus, auch nur ein Wort gegen ihre Überzeugungen einzuwenden.

Er musterte sie einen Augenblick, in dem er ihre Worte zu überdenken schien. Dann: „Dich auf die Wächter einzulassen, ganz zu schweigen davon, zu versuchen, es mit einem Loa von Papa Aguiels Kaliber aufzunehmen… Das ist mehr als ein Risiko. Das ist ein Todeswunsch."

Ein hässliches Lächeln verzog Sophies Lippen.

„Das habe ich schon mal gehört", erwiderte sie.

Eine weitere lange Pause von Ephraim.

„Du weißt, was ich bin, offensichtlich", sagte er und neigte den Kopf zur Seite. „Du könntest mich um alles bitten. Ich würde dich überall hinbringen. Wenn wir Schicksalsgefährten sind, wie wir, denke ich, beide vermuten… Bist du nicht in Versuchung, mich einfach darum zu bitten, dich von all dem wegzubringen? Das läge mehr als im Möglichen meiner Kräfte."

Für den kürzesten aller Momente verkrampfte sich Sophies Herz so fest, dass sie kaum atmen konnte. *Versuchung*, beschrieb es nicht einmal annähernd.

„Ich kann nicht", stammelte sie. „Es gibt nur eine Sache, für die ich bestimmt bin, und das ist die Vernichtung Papa Aguiels. Ich habe weder Zeit noch Raum für irgendetwas anderes in meinem Leben."

„Warum du?", fragte er, während seine umwerfenden Augen suchend über ihr Gesicht glitten. „Ich nehme mal an, es ist etwas Persönliches?"

Bevor sie antworten konnte, platzte Rhys in den Raum.

„Der Schleier wurde zerrissen", schnaufte der Schotte außer Atem. „Wir fahren zum Ort des Verbrechens.

Ephraim, wir hätten gern, dass du uns begleitest. Nur du, fürs Erste."

Rhys bedachte Sophie mit einem entschuldigenden Schulterzucken und ging.

„Warte – " Sophie versuchte, dem Wächter zu folgen, als er in Richtung Garten verschwand, stolperte stattdessen jedoch lediglich über ihre eigenen Füße. Erschöpfung siegte über Koordination und sie landete beinahe auf der Nase.

Allerdings passierte das nicht. Stattdessen wurde ihr Sturz abrupt von Ephraims kräftigen Händen an ihrer Taille gestoppt, die sie dicht an seinen Körper zogen, während er sie stützte.

„Ich hab dich", sagte er und drückte ihre Rippen sacht, als sie seine Arme packte, um ihr Gleichgewicht zu finden.

Plötzlich war Sophie an ihn gepresst und starrte direkt in diese liebreizenden Augen. Etwas Dunkles und Tödliches lauerte unter deren Oberfläche, kaum verborgen. Aber auch noch etwas anderes. Etwas…

Sophie leckte über ihre Lippen, während ihre Augen auf seinen Mund sanken und sie musste sich mit aller Kraft davon zurückhalten, nicht näher an ihn heranzurücken und seinen männlichen Duft tief einzusaugen.

„Warum wir?", wunderte sie sich laut und begegnete abermals seinem Blick.

Ephraim zuckte zusammen, jeder Zentimeter seines beeindruckenden Körpers versteifte sich und er ließ sie los, als wäre sie ein glühendes Kohlestück in seinen bloßen Händen. Das Misstrauen, das ihm ins Gesicht geschrieben stand, war keine Überraschung, aber es verletzte Sophie mehr, als es sollte.

Was hast du erwartet?, schalt sie sich, während sie beobachtete, wie sich Ephraim abwandte und Rhys' Weg aus dem Raum folgte.

Sie hatte sich einem dunklen Pfad verschrieben. Jetzt lebte sie diese Wahrheit und es gab nichts anderes zu tun, als weiterzumachen.

5

„*D*u warst zwei Tage verschwunden!"

Ephraim seufzte bei der Wut in Sophies Stimme. Seit dem Moment, in dem er das Herrenhaus wieder betreten hatte, während ihm noch immer Vampirblut von einem besonders fiesen Kampf im *Central Business District* vom Körper tropfte, klebte Sophie an ihm wie eine Klette.

„Ich weiß", sagte Ephraim und neigte den Kopf. Er sollte sich nicht schuldig fühlen, ganz und gar nicht. Er tat lediglich das, was er tun sollte, und arbeitete mit den Wächtern, um Menschen wie Sophie vor dem schnell anwachsenden Chaos in der Stadt zu beschützen. Dennoch war sie seine Meisterin. Und theoretisch auch seine Gefährtin. Es war schwer, dem Drang zu widerstehen, zu ihr zu gehen, sie zu berühren und sich zu vergewissern, dass es ihr gut ging.

Sie folgte ihm die Treppe hoch zu den Gemächern, die ihm zugewiesen worden waren, ihre Wangen vor Wut gerötet.

„Was hat dich bitteschön zwei Tage lang pausenlos beschäftigt?", verlangte sie zu wissen. „Ich dachte, du wärst tot!"

Ephraim warf ihr einen Blick zu, während er seine schweren Kampfstiefel aufschnürte.

„Und? Was interessiert es dich?", fragte er.

Sophies Augen verengten sich.

„Das ist unfair", sagte sie und verschränkte die Arme vor der Brust.

„Ich finde nicht, dass es das ist. Du bist in den Besitz von einigen Schlüsseln gelangt. Das gibt dir eine Menge Macht über mich, worauf ich keinen Einfluss habe. Ansonsten kennst du mich nicht. Wir sind Fremde."

Die Worte fühlten sich wie eine Lüge an, als sie seinen Mund verließen, doch sie entsprachen der Wahrheit. Sophie war eine hübsche Fremde, ganz egal, wie verbunden er sich mit ihr fühlen mochte. Sie hatten kaum miteinander gesprochen, geschweige denn irgendetwas Tiefergehendes entdeckt.

Nein, sie machte sich nur Sorgen um ihn, weil er eine Investition war für… welche bösartigen Pläne sie auch immer hegte. Im Moment war Ephraim einfach zu erschöpft, um sich den Kopf darüber zu zerbrechen.

„Natürlich interessiert es mich, ob du lebst oder tot bist", protestierte sie, wobei sie wütend wirkte. „Und du kannst nicht einfach, ohne ein Wort zu sagen, für zwei Tage verschwinden!"

Ephraim zog sein Shirt aus und genoss es, dass sich ihre Augen weiteten, als sie seinen Körper musterte. Die daraus resultierende Röte in ihren Wangen war das Erfreulichste, was Ephraim seit langer, langer Zeit erlebt hatte. Sie warf ihre lange Mähne blonder Haare zurück, die sie, wie er bemerkte, offen, lockig und verführerisch über ihren Rücken hatte fließen lassen.

„Du hättest mir befehlen können, dass ich zurückkommen soll", informierte er sie und riss seinen Blick von der Stelle, zu der er gewandert war, ihren fantastischen Brüsten und perfekt geformten Hüften.

„Das hätte ich nicht getan", sagte sie und wandte das Gesicht ab.

„Nein?", fragte er. „Ich sehe keinen Grund, warum du es nicht tun solltest."

Sie biss auf ihre Lippe und ließ seine Frage in der Luft hängen.

„Ich werde mich jetzt gleich ausziehen", warnte Ephraim sie ungeniert. „Wenn du also nicht mit mir unter die Dusche springen möchtest, schlage ich vor, dass du in der Bibliothek auf mich wartest."

Er deutete zur Tür und wurde mit Sophies flammenden Wangen belohnt, als sie schnaubend aus dem Zimmer stürmte. Ephraim stöhnte leise, während er sich auszog, weil er nach nur einem Gespräch von zwei Sekunden mit ihr bereits steinhart war und das obwohl er sich die letzten paar Tage völlig verausgabt hatte.

„Erbärmlich", sagte er bei sich selbst, als er ins Bad lief.

Auch wenn er wirklich gerne für immer unter dem heißen Wasser der Dusche gestanden, möglicherweise seinen Schwanz in die Faust genommen und sich seiner angestauten Lust angenommen hätte, beeilte er sich. Rein und raus innerhalb weniger Minuten, denn die Wahrheit war, dass er sich ein klein wenig schuldig fühlte, weil er zwei Tage verschwunden gewesen war.

Wie verkorkst war das denn? Zwei Tage, ein flüchtiger Versuch eines einzigen Gesprächs und Sophie hatte ihn bereits um ihren kleinen Finger gewickelt.

Verdammt, er steckte wirklich in der Klemme. Und in keiner guten.

Nachdem er in frische Klamotten geschlüpft war, lief er in die Bibliothek, die er jedoch leer vorfand. Mit düsterer Miene eilte er nach unten und entdeckte Sophie mitten in einem hektischen Chaos. Die Gefährtinnen aller Wächter rannten wie kopflose Hühner umher und kümmerten sich um Kleinigkeiten. Packten, suchten nach wichtigen Gegenständen, holten Bücher aus der Bibliothek im Erdgeschoss.

„Was ist los?", fragte er.

„Du musst ein paar Stunden schlafen", sagte Kieran,

der ihn kritisch von oben bis unten musterte. „Du siehst aus, als könntest du im Stehen einschlafen."

„Ich habe schon viel Schlimmeres durchgemacht", erwiderte Ephraim achselzuckend. „Warum packen alle?"

„Wir schicken unsere Gefährtinnen zu einem Schlupfwinkel im Graumarkt. Das Herrenhaus ist nicht mehr sicher genug. Die Schutzzauber wurden schon mal durchbrochen", erklärte Aeric. „Alice ist in Panik und will jedes einzelne Kleid mitnehmen, das sie besitzt. Ich halte mich einfach im Hintergrund und lasse das Chaos geschehen."

Nachdem er sich mit Rhys und Aeric bezüglich der Patrouillenschichten der nächsten paar Tage besprochen hatte, machte sich Ephraim auf die Suche nach Sophie. Er fand sie schließlich, als sie einen Stapel Kleider in einen Koffer stopfte und mit dem Reißverschluss kämpfte.

„Warte", sagte er, streckte die Hände aus und drückte den Deckel für sie nach unten.

„Dankeschön", sagte sie und schenkte ihm ein schiefes, dankbares Lächeln.

„Wie kommt es, dass du schon so viel Zeug hier hast?", fragte er verwirrt. „Du bist doch erst hier eingezogen."

Sie kicherte.

„Das gehört nicht mir, es gehört…" Sie sah sich um. „Es gehört Echo? Ja, es gehört ihr. Ich habe in dem Schlafzimmer neben deinem einen Kleiderschrank, der mysteriöserweise mit Kleidern und Schuhen gefüllt ist, die mir perfekt passen, aber ich gehe nicht mit zum Graumarkt."

„Nein?", fragte Ephraim, milde amüsiert über den herrischen Ton in ihrer Stimme. Für so ein kleines Persönchen glaubte sie mit ganzem Herzen an die Macht ihrer Autorität.

Dann dachte er daran, wie sie an jenem ersten Abend die Schlüssel hochgehalten hatte, und das Lächeln verblasste.

Sie warf ihm einen merkwürdigen Blick zu, als würde sie seine Gedanken zu erraten versuchen. *Viel Glück dabei,* war sein erster Gedanke. *Ich kenne dieser Tage meine Gedanken selbst nicht.*

„Ich bin hier, um Papa Aguiel zu vernichten, nicht um mich wie Jesse James zu verstecken", verkündete sie. „Ich bleibe an deiner Seite."

„Ich bin die letzten Tage durch Wellen von Zombies, besessener Menschen und aggressiver Vampire gewatet, die das derzeitige Chaos schamlos ausnutzen. Ich will dich nicht beleidigen, aber wenn du nicht über irgendeine geheime Kampfausbildung verfügst, von der ich nichts weiß, wirst du mir keine große Hilfe sein."

Ihre Augen sprühten einen Moment Funken, aber sie widersprach seinen Worten nicht.

„Dann verstecken wir uns eben allein", erklärte sie und senkte die Augen auf ihre Füße. Sie errötete schon wieder, aber dieses Mal schien es nicht aufgrund von Lust zu sein.

Es machte eher den Anschein, als würde sie etwas zu verbergen versuchen und das nicht gerade gut.

„Ist das so? Und wohin werden wir gehen, Sophie?"

„Ich bin mir nicht sicher…"

Sie sah zu ihm hoch, ihre Blicke kreuzten sich und Elektrizität sprang zwischen ihnen hin und her. Er registrierte, dass dies das erste Mal war, dass er sie bei ihrem Namen genannt hatte. Er fühlte sich gut auf seinen Lippen an, weckte den Wunsch in ihm, er würde ihn eine Oktave tiefer aussprechen, während er sie nach unten drückte und ihr seinen…

Whoa, reiß dich zusammen Junge.

Jetzt errötete Sophie als Reaktion ihres Körpers und verdammt, wenn Ephraim nicht mehr wollte.

„Mein *Maladh*", platzte es aus ihm heraus. Die Worte hatten seinen Mund verlassen, bevor er sich stoppen konnte.

„Wie bitte?", fragte sie und zog die Brauen hoch.

„Es bedeutet sicherer Hafen, Zufluchtsort. Mein Rückzugsort, mein…", er verstummte. „Die Leute bezeichnen es als Lampe, weißt du? Der Ort, an den ich gehe, wenn ich von niemandem gerufen werde."

Sophie schenkte ihm ein sanftes Lächeln.

„Du würdest mich dorthin bringen?", fragte sie, als hätte er ihr gerade das größte Kompliment der Welt gemacht.

Und auf eine Weise hatte er das auch. Er hatte noch nie irgendjemand dorthin gebracht, nicht einmal zu den schlimmsten Zeiten. Es war wahrhaft sein Allerheiligstes, ein Ort, an dem er die endlosen Stunden seines Lebens verbringen und die Sachen vergessen konnte, die er in der Außenwelt für seine Meister erledigte.

„Das würde mir gefallen", sagte sie. Da war etwas in ihren Augen, etwas, das bei Ephraim einen Anflug von Sorge weckte… aber es war gleich wieder verschwunden. Wahrscheinlich war es nur seiner Vorstellungskraft entsprungen.

Ihre Lippen bogen sich abermals nach oben und sie streckte die Hand aus, um eine Haarlocke aus Ephraims Gesicht zu streichen. Die Geste brachte sein Herz zum Hämmern.

„Du siehst so müde aus", sagte sie. „Du musst dich ausruhen."

Ephraim betrachtete die anderen Wächter, die alle mitten in ihren Vorbereitungen steckten.

„Ich bezweifle, dass uns jemand vermissen wird, wenn wir jetzt zu meinem *Maladh* gehen", sagte er achselzuckend. „Den gesamten nächsten Tag habe ich frei, muss also nicht auf Patrouille gehen."

Unfähig, sich zurückzuhalten, reichte er ihr seine Hand.

„Einfach so?", fragte sie.

„Was sollte sonst nötig sein?", fragte Ephraim.

Sie schenkte ihm ein herzerwärmendes Grinsen, ihre Augen leuchteten kurz auf und dann schob sie ihre kleine Hand in seine. Und in Nullkommanichts beförderte Ephraim sie von der Ebene der Menschen zu seinem *Maladh*, einer Art Schlupfwinkel zwischen den Welten. Er war nur für Ephraim zugänglich und sein Heim, seine Burg, seine Oase.

„Heilige *Scheiße*", hauchte Sophie, die in den höhlenartigen Raum seines Zuhauses hochstarrte.

Sein gesamtes Heim war eingerichtet wie ein Wüstenhaus, innen und außen hellbeige. Das *Maladh* verfügte über viele Zimmer, aber dieses Wohnzimmer und Schlafbereich und das großzügige Badezimmer waren Ephraims Lieblingszimmer.

Sophie lief bereits auf die breiten Öffnungen in den Seitenwänden des Raumes zu. Da dies seine private Welt war, machte er die Regeln und hier konnte er gigantische offene Fenster haben, ohne sich darum sorgen zu müssen, dass das Zimmer zu heiß und sandig wurde.

Draußen knallte die Sonne auf die unzähligen Sanddünen nieder, eine weite Ausdehnung von Nichts, die sich hinter dem riesigen Swimming-Pool und dem Hain neben dem Haus erstreckte. In dieser Welt gab es nichts anderes, denn er brauchte nichts anderes. Das *Maladh* versorgte ihn mit Essen und Kleidung und kümmerte sich um all seine Grundbedürfnisse.

Auf gewisse Weise war es Ephraims einziger Freund, das Einzige in seinem Leben, das im Gegenzug nichts von ihm verlangte. Immerhin hatte ihn das *Maladh* nicht in seine Dienste genommen.

Nein, das hatten allein die Menschen und Kith getan, denen er begegnet war.

Ephraim rieb sich mit der Hand über sein Gesicht. Seine Erschöpfung ließ ihn übermäßig emotional und melodramatisch werden.

„Ich werde eine Runde schwimmen gehen, bevor ich mich ausruhe", informierte er Sophie. Er musste den Kopf frei bekommen. „Fühl dich wie zu Hause, okay?"

Er wartete nicht auf eine Antwort, sondern lief die große Sandsteintreppe hinab und zog im Gehen sein Shirt aus. Er entkleidete sich bis auf seine Boxerbriefs, denn ihm war es egal, ob Sophie nun einen Blick auf ihn erhaschte oder nicht. Er war im Moment überwältigt und empfindlich, weshalb er sich momentan nicht auch noch um sie Sorgen machen konnte.

Tatsächlich sollte er sich überhaupt keine Sorgen um sie machen. Das an sich war bereits das Problem.

Das Wasser hatte die perfekte Temperatur, als er hineintauchte, angenehm erfrischend. Die Sonne hatte die Oberfläche gewärmt, aber die tieferen Stellen waren noch schön kühl. Allein das Gefühl des Wassers auf seiner Haut war, als würde er einen lebensrettenden Atemzug machen gerade, als er dachte, er würde ertrinken.

Er schwamm ein Dutzend Runden, langsam und methodisch. Die Anstrengung brannte in seinen müden Muskeln, aber wirkte wie Balsam für seine überspannten Gedanken. Es war meditativ für ihn und er versank so weit in seiner eigenen Welt, dass ihn das Geräusch spritzenden Wassers mitten in der Bewegung erschrocken zusammenzucken ließ.

Ephraim tauchte wieder auf und entdeckte, dass Sophie ins Wasser watete in scheinbar nichts anderem als einem seiner T-Shirts. Die dünne Baumwolle war bereits im Bereich ihrer Brüste und Hüften feucht und klebte an den nassen Konturen ihrer Kurven.

Das war's mit seinem meditativen Zustand. Sein ganzer Körper spannte sich an, sein Schwanz wurde sofort hart, als er beobachtete, wie sie näher kam. Sie schenkte ihm ein verlegenes Lächeln, tauchte unter die Oberfläche und schwamm zu ihm, sodass sie nur einen halben Meter entfernt von ihm wieder auftauchte und Wasser trat.

„Sophie…", warnte er. „Ich denke nicht, dass du näher kommen möchtest. Ich bin gerade wirklich angespannt."

„Nein, wirklich?", fragte sie augenrollend. „Das ist kaum zu übersehen, Ephraim."

Seinen Namen von ihren Lippen zu hören… Ephraim verging fast, er war plötzlich so verdammt begierig auf sie.

Von den tausenden Malen, die er gefickt hatte, von den unzähligen Akten der Lust, die er vollzogen hatte, konnte er diejenigen, die er wahrhaft *begehrt* hatte, an einer Hand abzählen.

Doch hier war sie und strich sich mit den Händen durch ihre langen, nassen Haare. Sie tauchte unter das Wasser, bewegte sich zappelnd und als sie wieder auftauchte, hielt sie das T-Shirt, das sie getragen hatte, in ihrer Hand.

Der Rest von ihr war vollständig, wunderbarerweise nackt.

„Fuck", fluchte er, bereits auf dem Weg zu ihr.

Er streckte seine Hände aus und zog sie an seinen Körper. Als ihre vollen, nackten Brüste gegen seine Brust drückten, als ihre heiße Mitte gegen seine Bauchmuskeln gepresst wurde, als ihre glatten Beine sich um seine Taille schlangen, stöhnte er. Er hätte allein davon kommen können wie ein notgeiler Teenager. So sexy und unwiderstehlich war sie für ihn.

„Ephraim", flüsterte sie, als er ihre weichen Lippen suchte und sie lang und hart küsste, während er sie an den Rand des Pools trug. Er fing ihre Unterlippe mit den Zähnen ein und saugte daran. Erkundete sie mit seiner Zunge, während er sich darum bemühte, die hungrigen Laute, die in seiner Kehle steckten, zurückzuhalten, als er sie zum ersten Mal schmeckte. Er umfing ihren perfekten Po mit beiden Händen und strich mit seinen Daumen über ihre Hüftknochen.

Es war nicht genug, nicht einmal annähernd genug.

Als ihr Hintern gegen den Poolrand stieß, neigte er sie nach hinten. Er zupfte sachte an ihren Haaren und beugte ihren Rücken, bis sie ihm diese wunderbaren Brüste entgegen stieß, nach ihm verlangte. Ihr Geschlecht fühlte sich an seinem Körper feucht und heiß an, ihre Hüften bewegten sich in einem sanften Rhythmus, der drohte, ihn bei lebendigem Leib zu verbrennen.

Fuck, er wollte so unbedingt in ihr sein.

Stattdessen nahm er die beiden cremefarbenen Hügel ihrer Brüste in die Hände und ließ sich seine Zeit damit, deren Kurven zu erkunden, indem er an ihren Nippeln saugte und knabberte, bis sie ihn vor Verlangen anflehte.

„Ephraim, *bitte*", skandierte sie. „Bitte, bitte, bitte."

„Ich weiß, was du willst", flüsterte er, während er ihre Lippen erneut küsste. „Ich werde dir geben, was du brauchst, Sophie."

Er legte sie ganz nach hinten, spreizte mühelos ihre Schenkel und sank nach unten, um ihren Bauch, Hüften und Innenschenkel zu küssen und zu reizen. Ihre Finger vergruben sich in seinen Haaren und zogen fest.

Er erstarrte einen Augenblick und griff nach oben, um ihre Hände zu entfernen. An ihm war oft genug in seinem Leben herumgezerrt worden und er war mehr als häufig gezwungen worden. Nur dieses eine Mal wollte er ungezügelt sein und ihr auf die Weise Lust verschaffen, die ihm vorschwebte.

Als er ihre Klit mit seinen Lippen und Zunge fand, schrie sie seinen Namen und ihre Schenkel zitterten vor Verlangen. Ephraim erkannte an ihr, was er oft in sich selbst fand, einen Mangel an Berührungen und zärtlicher Fürsorge.

Nicht mehr, nicht heute. Nicht für seine umwerfende Sophie.

Als sie keuchte und sich wand, seine Lippen und Gesicht in ihrer Erregung tränkte, schob er zwei dicke Finger tief in ihre Mitte. Sie zerbrach, pulsierte und schrie ihren Höhepunkt in den Himmel. Er zögerte ihren Orgasmus so lange hinaus, wie er konnte, und entrang ihrem Körper auch den letzten Tropfen Vergnügen, bis sie verstummte und an ihm zupfte, weil sie ein weiteres Mal seinen Kuss auf ihrem Mund spüren wollte.

Dieses Mal war ihr Kuss langsamer, aber nicht weniger intensiv und hungrig. Ephraims Schwanz pulsierte vor Verlangen, sie zu füllen und ihr Band zu vervollständigen. Sie würde unglaublich, lebensverändernd sein. Daran hegte er keinerlei Zweifel.

Wann war das letzte Mal, dass Ephraim jemanden aus freien Stücken heraus gevögelt hatte, weil *er* es tun wollte?

Er hatte keine Ahnung.

Sophies Atmung beschleunigte sich schnell wieder, als sie ihre Hand zwischen ihnen nach unten und in seine feuchte Boxerbriefs schob, um ihre Finger um die stählerne Länge seines Schwanzes zu schließen. Ephraim musste sich auf die Lippe beißen, um den Schrei zurückzuhalten, der sich aus seiner Kehle zu lösen drohte, als sie ihn mit sanften Berührungen erkundete und ihm mit diesen wenigen, eigentlich harmlosen Berührungen beinahe seinen Höhepunkt entlockte.

Im absolut falschen Moment beschloss der rational denkende Teil seines Gehirns sich einzumischen. Sogar als Sophie ihren Daumen gerade unterhalb seiner Eichel entlang gleiten ließ, womit sie ihn von innen heraus bei lebendigem Leib verbrennen ließ, schickte ihm sein Gehirn Bilder, die er nicht ignorieren konnte.

Ephraim, bis zu den Hoden in Sophie vergraben. Sophie, um ihn geschlungen, seinen Namen schreiend. Und dort, in ihrer Hand, die Schlüssel.

Ephraim erstarrte.

„Nein." Das Wort riss sich irgendwo tief in seinem Inneren frei, schmerzhaft und wütend und rein.

„W… was?", fragte Sophie, deren große blaue Augen sich öffneten und deren Nase sich verwirrt kräuselte. „Nein, was?"

„Ich kann nicht", sagte Ephraim, zog ihre Hände weg und trat zurück. „Das… das ist für meine wahre Gefährtin. Ich habe eintausend Jahre gewartet und ich würde lieber nochmal eintausend Jahre warten, als zu tun was auch immer… das hier ist."

„Ephraim", sagte sie, wobei sich ihre Augenbrauen zusammenzogen. „Lass mich… dich trösten."

„Nein. Oder ist das ein Befehl?", spuckte er aus. Die Wut auf sie und sich selbst loderte wild auf.

„Nein! Nein, natürlich nicht", wehrte sie ab und wirkte verletzt und entsetzt. „Ich würde nicht…"

Ephraim schnaubte.

„Würdest mir keine Befehle geben? Dich nicht wie meine Meisterin verhalten? Ich sehe nicht, dass du versuchst, mich freizulassen, Sophie. Du bist genauso wie alle anderen, wie jeder andere Besitzer, den ich jemals hatte."

Er konnte sehen, dass seine Worte sie getroffen hatten, konnte den Schmerz in Sophies Augen sehen.

Gut. Er sollte nicht der Einzige sein, der Schmerzen empfand.

Sich umdrehend, ließ er sie dort zurück, da er nichts mehr wollte als sein Bett und die glückselige Dunkelheit von Schlaf.

$\mathcal{S}$ophie stand auf der anderen Seite von Ephraims offenem Schlafzimmer und beobachtete ihn beim Schlafen. Er schien absolut weggetreten zu sein, nicht einmal annähernd im Begriff aufzuwachen. Sie sog leise Luft ein und sah sich um, da sie wusste, dass, falls sie diesen Ort jemals erkunden wollte, dies der richtige Zeitpunkt war.

Ihre Suche förderte mehrere überraschende Dinge zu Tage. Ein Zimmer voll goldener Gegenstände, etwas das direkt aus dem Schatz eines Drachen stammen könnte, wie ihn Tolkien beschrieben hatte. Ein Zimmer, in dem sich sorgfältig aufbewahrte Kleidungsstücke befanden, die scheinbar nach chronologischer Abfolge angeordnet worden waren. Vermutlich handelte es sich dabei um Ephraims Kleider im Verlauf der Jahre. Ein fensterloses Zimmer mit schwarzen Wänden und tausenden Fotos, ein Zeitstrahl von Ephraims Leben. Sein Gesicht tauchte auf den Fotos immer wieder in verschiedenen Szenen auf.

Sie hatte das untrügliche Gefühl, dass sie in seine Privatsphäre eingriff, als sie einige der privaten Momente entdeckte. Fotos von Ephraim gefesselt und an BDSM Kreuze geschnallt, Fotos von Menschen, die die Schlüssel über seiner niedergestreckten Gestalt baumeln ließen, Fotos von ihm in expliziten sexuellen Situationen.

Wie war er überhaupt in den Besitz dieser Fotos geraten? Bessere Frage, was für ein verkorkstes Leben hatte Ephraim geführt? Oder, da seine Kräfte eine Art der Knechtschaft zu sein schienen, zu was war er gezwungen worden?

Als sie sich an den Moment am Pool erinnerte, als er ihre Zärtlichkeiten abgelehnt hatte, dachte Sophie, dass sie ihn jetzt ein bisschen besser verstand. Vor allen Dingen empfand sie einen Moment lang eine heftige Scham. Wenn diese Art von Behandlung, die auf den Fotos sichtbar war, das Einzige war, was Ephraim kannte, war es kein Wunder, dass er sich niemandem auf diese Weise hingeben wollte.

So weit er wusste, war Sophie kein Stück besser als seine bisherigen Besitzer.

Vielleicht bin ich das auch nicht, dachte sie bei sich.

Er war anscheinend niemand, der die Vergangenheit vergaß. Sophie lief zur Wand und betrachtete die Fotos aus der Nähe. Sie bemerkte die weitläufigen und hübschen Landschaften in den Hintergründen, die schillernden und umwerfenden Menschen in den Fotos mit ihm. Doch ganz egal, welches Szenario dargestellt wurde, es gab eine Konstante: Ephraim sah passiv, wütend und unterdrückt aus.

Nie glücklich, nicht auf einem einzigen Foto. Sie rümpfte die Nase, während sie überlegte, ob er sie jemals angelächelt hatte, ein aufrichtiges und echtes Lächeln.

Nope. Nicht ein Mal, jemals.

Sie musste sich richtiggehend von dem Raum loseisen, weil die Neugier sie von innen heraus auffraß. Ephraim war ein solches Rätsel für sie, wenngleich seine Vergangenheit eindeutig tragisch war. Je länger sie darüber nachdachte, wie es wohl sein musste, jemandem zu gehören, desto mehr dachte sie über die Art von Person nach, die sich ein Bein ausreißen würde, um ein anderes Wesen zu *besitzen*… desto mehr Puzzlestücke von Ephraims Geschichte offenbart wurden.

Und jetzt war Sophie selbst eine von diesen Personen. *Fuck.*

Sie wanderte, in Gedanken versunken, durch den Irrgarten, den dieses Haus darstellte, bis sie schließlich in einen Gang mit geschlossenen Türen gelangte. Der Gang schien ewig weiterzugehen, sich über ihr Sichtfeld hinaus zu erstrecken. Nach allem, was sie wusste, könnte er wahrhaftig endlos sein.

Etwas in ihrem Bauch verriet ihr, dass dies der Ort war, an dem sie sein musste. Sie blickte über ihre Schulter, bevor sie einen Schritt nach vorne setzte und die erste Tür zu ihrer Linken öffnete. Eine saugende, schwarze Leere zerrte an ihren Kleidern und Haaren wie ein sanfter Staubsauger.

„Scheiße!", sagte sie und schlug die Tür zu. Sie lachte zittrig. „Ich schätze, damit hätte ich rechnen sollen."

„Keine unbedingt menschenfreundliche Ebene", erklang Ephraims tiefe Stimme hinter ihr.

Sophie machte einen Satz und drehte sich um, während Schuldgefühle durch ihre Adern strömten.

„Ähm, hey. Du bist wach", war alles, das sie rausbrachte. *Und vollständig bekleidet*, dachte Sophie reumütig.

Ephraim musterte sie einen Augenblick, dann trat er nach vorne, packte ihr Handgelenk und zog sie aus dem Gang und gefährlich nahe an sich heran.

„Warum öffnest du Türen, Sophie?", fragte er, seine Stimme tödlich sanft. Er starrte auf sie hinab, seine Augen blitzten in diesem unheimlichen gelbgrün.

Als Sophies Zunge hervorschnellte, um ihre Unterlippe zu befeuchten, sank sein Blick für den Bruchteil einer Sekunde auf ihren Mund. Sein Kiefer und Griff um ihr Handgelenk verspannten sich.

„Mir war langweilig", log sie und reckte angriffslustig das Kinn.

Er sah ein letztes Mal hinab auf ihren Mund, bevor er sie freigab und nicht im Geringsten überzeugt wirkte.

„Diese Türen führen alle zu anderen Ebenen", erklärte er, drehte sich um und ging zurück zum Wohnzimmer, womit es Sophie überlassen blieb, ihm zu folgen. „Öffne die falsche und… du bist tot."

Obwohl sie wusste, dass er keine Drohung, sondern lediglich eine Tatsache, aussprach, jagte ihr sein eisiger Tonfall einen Schauder über den Rücken. Ein derartiges Misstrauen lag in jedem Wort, das er aussprach, in jedem Blick… ganz egal, wie begehrlich diese auch sein mochten.

Das Schlimmste war jedoch, dass sie das verdiente, zumindest in einem gewissen Maße. Ja, sie würde verdammt viele Leben retten und möglicherweise sogar die Stadt, indem sie ihren Plan durchzog. Aber sie machte das, um ihre Schwester zu retten, nicht aus Güte ihres Herzens.

„Liegt das Reich der Geister hinter einer dieser Türen?", fragte sie, bevor sie den Mut verlor.

Er zögerte einen Augenblick, dann drehte er sich, um sie anzustarren.

„Warum stellst du so eine Frage?", verlangte er zu wissen.

„Hier sind unzählige Türen, es gibt unzählige Existenzebenen…" Sie schwenkte mit der Hand in den Flur. „Es wird doch irgendwo hinter einer dieser Türen liegen."

Seine Augen wurden schmal.

„Tatsächlich ist es die erste Tür zur Rechten", blaffte er und schockierte sie mit seiner sofortigen Antwort. „Aber du kannst dort nicht einfach reinmarschieren. Es *verändert* dich."

Die Art, wie er das sagte, deutete darauf hin, dass er aus Erfahrung sprach, aber er blieb nicht stehen, um auf Sophies Antwort zu warten.

„Ich hätte dich nicht hierherbringen sollen. Das war ein Fehler", sagte er, wirbelte herum und marschierte abermals in Richtung des Wohnzimmers.

„Ephraim, warte. Es tut mir leid", rief Sophie. Sie beeilte sich, mit ihm Schritt zu halten.

„Was tut dir leid? Dass du Geheimnisse hast? Dass du

meine privaten Gegenstände durchstöberst, ohne mich zu fragen?"

Auf Sophies überraschten Blick hin, schüttelte er ruckartig den Kopf.

„Denkst du wirklich, dass auf dieser Ebene irgendetwas ohne mein Wissen passiert? Nein. Ich hoffe, du hattest Spaß dabei, Voyeur zu spielen, Sophie. Du wärst nicht der erste meiner Meister, dem so etwas gefällt."

„Hey!", sagte sie, als sie das Wohnzimmer erreichten. Sie drehte den Spieß um, streckte jetzt ihrerseits die Hand aus und packte seine, um seinen Bewegungen Einhalt zu gebieten. „Schau mich an."

„Sophie, es gibt nichts, was noch gesagt werden müsste", erwiderte Ephraim.

Als sie ihn nicht losließ, drehte er sich mit einem leisen Seufzen zu ihr.

„Ich möchte nicht…", begann sie, brach dann ab und biss auf ihre Lippe. Was genau versuchte sie hier eigentlich zu sagen?

„Du weißt nicht, was du willst, Sophie", stellte er fest und zog seine Hand aus ihrer.

„Ich möchte eine Menge Dinge, Ephraim." Ihre Stimme wurde schärfer, als sie an Lily dachte. Natürlich wäre es ihr größter Wunsch, ihre Schwester zurückzuerhalten. „Dinge, die ich niemals haben kann. Dinge, um die zu kämpfen ich nicht die Kraft habe. Aber ich weiß dies… ich möchte nicht wie… wie diese Leute auf deinen Fotos sein."

Der Schmerz und Wut in Ephraims Augen war wie ein Schlag in die Magengrube. Er schien gerade zu einer Antwort anzusetzen, doch dann schüttelte er bloß den Kopf und reichte ihr erneut seine Hand.

„Wir müssen zurück zum Herrenhaus."

„Ich dachte, du würdest dir den ganzen Tag zum Ausruhen freinehmen", sagte Sophie und ergriff seine Hand.

Innerhalb eines Wimpernschlags waren sie zurück im Herrenhaus.

„Ja, nun. Ich hatte genug *Ruhe* für einen Tag", entgegnete er. „Außerdem hast du nicht gesehen, wie schlimm es dort draußen ist. Ich denke, viele Menschen sind bereits geflohen, aber wo werden die Kith hingehen? Es ist ja nicht so, als hätten Werwölfe und Vampire Verwandtschaft in anderen Gebieten des Landes, die sie aufnehmen könnte."

Sophie nickte nur und sah sich in dem verlassenen Wohnzimmer des Herrenhauses um.

„Schrecklich ruhig hier", stellte sie fest, gerade als der Butler auftauchte, nach wie vor in seinen makellosen, glattgebügelten Anzug gehüllt.

„Duverjay", begrüßte Ephraim ihn mit einem Nicken. „Ich bin zurück, um meinen Patrouillendienst wieder aufzunehmen."

„Ich hatte gehofft, Sie wären Rhys und Gabriel", gestand der Mann freimütig. „Sie haben sich seit einigen Stunden nicht mehr gemeldet, auch wenn ich vermute, dass es sich nur um einen leeren Handyakku handelt."

Duverjay drehte sich um und lief zur Kücheninsel, womit er Sophies Aufmerksamkeit auf das gigantische Feuerwaffenarsenal lenkte, das er dort ausgebreitet hatte.

„Verdammt", sagte sie. „Womit genau rechnet ihr eigentlich?"

„Dort draußen tobt ein Krieg, Kith gegen Kith. Besessene Menschen tauchen in Scharen auf, genauso wie Vampire. Der Großteil der Gestaltwandler ist in Richtung der Hügel aufgebrochen, aber es gibt jede Menge Dämonen und andere Schrecken, die hinter jeder Ecke lauern. Ich möchte so viele, wie ich kann, aus der Ferne aus dem Verkehr ziehen, bevor ich selbst in den Kampf gerufen werde", erklärte er, während er den Schlitten einer seiner Pistolen überprüfte.

„Ich verstehe", sagte Sophie.

Der Butler lachte leise und schüttelte den Kopf.

„Das wage ich doch zu bezweifeln. Ich bin ein Berserker und habe dem Schlachtfeld schon vor langer Zeit den Rücken gekehrt. Wenn ich in das gezogen werde, was dort draußen gerade vor sich geht, dann als letzte Lösung. Es gibt zu viele von ihnen und nicht genug von uns und mein Bär kennt die Bedeutung des Wortes *Stopp* nicht."

„Du würdest bis zum Tod kämpfen?", fragte Sophie und drückte eine Hand auf ihr Herz.

„Ohne auch nur einen Moment zu zögern. Ich möchte einfach nur, dass es auch einen Unterschied macht, verstehen Sie. Ich habe vor, das Herrenhaus bald zu verlassen, zum Graumarkt zu gehen und als zusätzlicher Schutz für die Gefährtinnen der Wächter zu fungieren. Sie sind mir während meiner Zeit hier alle sehr ans Herz gewachsen und… nun, ich habe vor, so lange ich kann bei ihnen zu bleiben. So lange sie mich hier haben möchten", erklärte er und schnappte sich einen großen Seesack von einem der Sofas. „Ich packe jetzt meine Sachen zu Ende. Gibt es etwas, dass ich Ihnen beiden vorher bringen kann?"

Ephraim schüttelte ernst den Kopf und Sophie folgte seinem Beispiel.

Das Geräusch der schweren Eingangstür des Herrenhauses, die geöffnet und geschlossen wurde, sorgte dafür, dass sie sich alle sichtlich verspannten. Zu Sophies Erleichterung war es jedoch nur Aeric, der große blonde Mann, den sie gestern kurz kennengelernt hatte.

„Dort draußen herrscht das reinste Chaos", verkündete er, schüttelte den Kopf und warf ein Schwert zur Seite, dem mindestens ein Drittel seiner Länge fehlte.

„Rhys hat sämtliche Gestaltwandler Louisianas zur Hilfe gerufen, aber sie haben es nur bis zum Stadtrand geschafft, bevor sie in Kämpfe verstrickt worden sind", informierte Duverjay Aeric.

„Verdammt", fluchte Aeric kopfschüttelnd. „Noch nie in meinem Leben habe ich meinen Drachen dermaßen vermisst."

„Deinen Drachen?", fragte Sophie verblüfft. „Ich dachte, Drachen wären ausgestorben!"

Aerics Lippen zuckten.

„Ich war ein Drache", korrigierte er sie. „Aber ich

fürchte, jetzt ist keine Zeit für die Geschichte. Nicht bei all den Kämpfen dort draußen."

„Wir müssen Papa Aguiel töten", sagte Sophie und verschränkte die Arme. „So einfach ist das."

„Ist es das?", fragte Aeric und musterte sie. „Dann hast du also eine Art Masterplan, hmm?"

Sophie errötete. Das hatte sie, aber es war nicht so, als könnte sie *ihm* das erzählen. „Nicht, dass ich es verraten könnte, aber ich habe Dinge in Bewegung gesetzt, um für seinen Untergang zu sorgen, das versichere ich dir."

Ein merkwürdiger Ausdruck flackerte auf Ephraims Gesicht auf, eine Art plötzliches Verstehen. Sophie brauchte eine Minute, aber dann wurde ihr bewusst, dass Ephraim vermutlich dachte, sie würde *ihn* auf Papa Aguiel hetzen.

Bevor sie ihn eines Besseren belehren konnte, folgte er Aeric schon zum Waffenlager.

„Ephraim, warte!", sagte sie und beeilte sich, um mit ihm Schritt zu halten.

„Geh mit Duverjay", befahl Ephraim, der sich weigerte, ihr in die Augen zu schauen. „Ich treffe dich dort morgen wieder. Bleib heute Nacht bei den Gefährtinnen der Wächter und hilf, sie zu beschützen."

Mit dem letzten Teil versuchte er, ihr zu schmeicheln, doch davon wollte sie nichts wissen.

„Ephraim, nein", protestierte sie und zupfte an seinem Ärmel. „Du kannst nicht einfach… gehen."

„Ist das ein Befehl?", fragte er und zog jetzt eine herrische Braue hoch.

„Nein… aber was, wenn dir etwas passiert, bevor…", sie stoppte und biss auf ihre Lippe.

„Bevor was genau?", hakte er nach, entzog seinen Ärmel ihrem Griff und verschränkte die Arme.

„Ich möchte nicht zum Graumarkt gehen. Ich möchte bei dir bleiben", sagte Sophie, die sich nur allzu bewusst war, dass sie wie eine weinerliche Frau klang. „Ich möchte nicht… ich möchte nicht von dir getrennt werden."

Zumindest das entsprach der Wahrheit.

Ephraims Miene wurde weicher, weswegen sie sich zum tausendsten Mal in den vergangenen Stunden schuldig fühlte. Er streckte seine Hände aus, drückte ihre Schultern und zog sie für eine kurze Umarmung an sich.

Gott, er riecht so gut, sagte der törichte Teil ihres Gehirns.

„Ich muss gehen, aber wir sehen uns morgen Abend. Geh einfach zu den anderen Frauen, okay? Ich möchte mich nicht um deine Sicherheit sorgen müssen", erklärte er. Nach einem Moment des Zögerns, beugte er sich nach unten und drückte ihr einen brennenden Kuss auf die Lippen. „Pass auf dich auf."

Er drehte sich um und marschierte ohne einen Blick zurück davon, sodass Sophie mit einem tief betrübten Gefühl in der Brust und tausend Fragen im Kopf zurückblieb.

Zuallererst einmal: so wie sie gerade empfand, wie Ephraim sie fühlen ließ…

War das Angst um ihren Plan oder um den Mann, den sie zu mögen und respektieren lernte? War das nur die Anziehungskraft zwischen Gefährten, diese unmöglich zu ignorierender Begierde, oder war das mehr?

Größer als Lust, stärker als bloßes Verlangen…

Wie wurde das nochmal genannt?

Sie schüttelte den Kopf und weigerte sich, den Gedanken weiter zu verfolgen. Sie war eine Frau auf einer Mission, kein liebeskrankes Schuldmädchen. Nur weil er gut aussah und eine schlimme Vergangenheit hatte, die sie berührte… Nur weil ihr Körper sich jedes Mal zusammen-zog, wenn sie daran dachte, wie er sie am Vorabend im Pool befriedigt hatte… Nur weil sie seine innere Gutherzigkeit spürte, gefangen unter all der Trauer und Wut, und ein Teil von ihr unbedingt seine Wunden heilen wollte…

Das hatte nichts zu bedeuten, oder?

$\mathcal{E}$phraim war zu Tode erschöpft. Obwohl im Verlauf der letzten Woche von überall aus der Welt Verstärkung langsam zu ihnen durchgedrungen war, hatte es den Anschein, als könnten die Massen nicht aufgehalten werden. New Orleans war mittlerweile eine Geisterstadt, unheimlich verlassen von allem bedeutsamen Leben. Und hinter jeder Ecke, von jedem Balkon im French Quarter hängend, befand sich eine höllische Kreatur, die durch den Schleier geschlüpft war und den Wächtern auflauerte.

Aeric hatte ihn vor über einer Stunde bei seiner Patrouille abgelöst, aber der bloße Aufwand, von einem Ende der Stadt zum anderen zu gelangen und das in einem Stück und unverletzt, hatte Ephraim beinahe zur Verzweiflung getrieben. Papa Aguiel verursachte in der gesamten Stadt Probleme und bedrohte die wertvollen, wenigen sturen Kith und närrischen Menschen, die zurückgeblieben waren.

Mittlerweile war das Ganze in allen Nachrichten der Menschen zu finden und wurde als das „Ausbrechen eines unbekannten Virus" erklärt, etwas direkt aus einem schlechten Zombiestreifen. Mit der Ausnahme, dass das hier echt und der Virus eine dämonische Besessenheit war. Oh und es gab auch echte Körper, die von Gott weiß wo hergeschleift worden waren, um durch die Stadt zu taumeln und alles in ihrer Nähe anzugreifen.

Er hatte die ersten zwei Tage ohne Pause durchgearbeitet. Doch danach war er gezwungen gewesen, zwei oder drei kurze Pausen in jeder vierundzwanzig Stunden Schicht zu machen. Am achten Tag, heute, wusste er, dass er eine volle Mütze Schlaf in einem richtigen Bett benötigte.

Außerdem musste er nach Sophie schauen. Das letzte Mal, als er im Schlupfwinkel im Graumarkt nach den Gefährtinnen der Wächter hatte sehen können, hatte sie tief und fest geschlafen. Also waren jetzt einige Tage vergangen, seit er zuletzt mit ihr gesprochen hatte.

Es war eine Folter, zu wissen, dass er ihr vom Schicksal zugewiesen worden war, dass er ihr Beschützer sein sollte… mitten von all *dem hier*. Vernünftigerweise sollte es ihn nicht kümmern. Sie war umwerfend und attraktiv, ja. Doch ihre Augen sprachen von Geheimnissen und nicht der Art, die am besten in der fernen Vergangenheit belassen wurden.

Sie verheimlichte ihm etwas. Er konnte sich nur noch keinen Reim darauf machen, was das möglicherweise sein könnte. Hatte es etwas mit ihrer Vergangenheit und Familie zu tun? Sie wich Fragen zu beiden Themen meisterhaft aus.

Oder hatte es etwas mit ihrer Vendetta gegen Papa Aguiel zu tun? Das schien alles zu sein, worüber sie redete, wenn sie Ephraim nicht gerade nachdenklich anstarrte.

Einerseits sollte er froh sein, nichts mit den Dingen zu tun zu haben, in die sie zweifelsohne verwickelt war. Andererseits… war er gerne in ihrer Nähe.

Er mochte es, wie sie roch oder wie ein Lächeln ihre Lippen krümmen konnte. In der ersten Nacht, in der er zum Schlupfwinkel im Graumarkt zum Schlafen zurückgekehrt war, war er aufgewacht und hatte sie an seinen Körper geschmiegt vorgefunden, während er auf einem schlichten Feldbett geruht hatte. Das Gefühl ihres Körpers, der sich an seinen gepresst hatte, ihre Wärme, ihr friedlicher Gesichtsausdruck, während sie geschlafen hatte…

Er konnte sie nicht aus seinem verfluchten Kopf bekommen. Das hatte ihn im Kampf mehrere Male abgelenkt, vor allem ein bestimmtes Mal, was ihn beinahe den Kopf gekostet hätte.

Jep. Er war bis über beide Ohren in sie verliebt. Vielleicht, wenn er einfach genommen hätte, was sie ihm in seinem *Maladh* so freimütig angeboten hatte…

Es hätte allerdings nicht gereicht und das wusste er. Allein der kleine Vorgeschmack auf sie, den er erhalten hatte, hatte ihn beinahe bei lebendigem Leib verbrannt und sein verdammter Körper würde ihn nicht so schnell vergessen lassen. Er durchlebte diese Momente in seinen Träumen erneut, während er duschte, während er sein Schwert in seine Feinde rammte.

Ja, er hatte ein Problem.

Er bog um eine Ecke des Graumarkts, wodurch er das stark beschützte Versteck erreichte, in dem die Wächter ihre Damen verbargen. Er wurde langsamer, da eine vertraute Stimme seine Aufmerksamkeit erregte. Er stoppte und lief zurück, dann spähte er um eine andere Ecke. Das Sehvermögen seines Bären erlaubte ihm, die Szene zu sehen, die sich in der schattigen Gasse abspielte, obwohl ein kleiner Teil von ihm wünschte, er könnte es nicht sehen.

Sophie stand einer in Roben verhüllten Gestalt gegenüber und nickte zu etwas, das die andere Person sagte. Sie steckte ihre Hand in ihre Tasche und zog ein Bündel Geldscheine heraus – eine exorbitante Geldsumme, wie es aussah – und überreichte es der Gestalt.

Die andere Person streckte ihr ein dunkles, in Leinen gewickeltes Bündel entgegen. Sie packte es und klemmte es sich unter den Arm, wo sie es wie etwas Wertvolles umklammerte. Sie nickte ihrem mysteriösen Kompanion abermals zu, der sich umdrehte und in die andere Richtung davonging. Sophie lief direkt auf Ephraim zu, wobei sie kaum aufsah und sich seiner Gegenwart keineswegs bewusst war.

Ephraim wollte gerade nach vorne treten und mit ihr schimpfen, weil sie die Sicherheit des Schlupfwinkels verlassen hatte, aber eine andere Art von Gefahr kam ihm in die Quere.

Mit einem entschiedenen, hungrigen Zischen stürzte ein Vampirtrio von oben herunter, sank zu Boden und bildete einen engen Kreis um Sophie. Er hörte, wie sie fluchte, aber sie ließ das Leinenbündel nicht fallen. Stattdessen hob sie ihre Hände und begann einen leuchtenden orangefarbenen Magieball heraufzubeschwören.

Sie war zu langsam. Sophie schien das zu wissen und zu sehen, wie sie das realisierte, ließ Ephraims Herz mehr als einen Schlag aussetzen. Er ließ sein Schwert klappernd auf das Kopfsteinpflaster der Straße fallen, sank auf alle Viere und erlaubte seinem Bären, das Ruder zu übernehmen.

Das Einzige, das der Bär wusste und verstand, war das drängende, wilde Bedürfnis, seine Gefährtin zu beschützen. Ephraim ließ ihm freie Hand, wobei er sich bemühte, sich nicht über den Schock auf Sophies Gesicht zu freuen, als ein gigantischer Grizzly durch die Gasse auf sie zustürmte und ihre Feinde auseinanderriss.

Ihr Gesichtsausdruck, als er seine Bärengestalt, die er für den Kampf angenommen hatte, abschüttelte und wieder seine Dschinngestalt annahm, war sogar noch besser. Ihr Mund öffnete sich zu einem perfekten, überraschten *O*, das er viel zu charmant fand.

„Du solltest den Schlupfwinkel eigentlich nicht verlassen", schimpfte er und verschränkte die Arme.

Ausnahmsweise schien Sophie zu nervös zu sein, um antworten zu können.

„Lass uns gehen", sagte er, packte sie am Ellbogen und zerrte sie aus der Gasse. Nachdem er sein Schwert vom Boden aufgehoben hatte, marschierte er mit ihr direkt zum Schlupfwinkel, vorbei an dem Gemeinschaftsraum, in dem sich die Gefährtinnen versammelt hatten, und in das private Schlafzimmer, das Sophie zugeteilt worden war.

„Zeig es mir", verlangte er, während er seine schweren Stiefel auszog und auf einem Stuhl bei dem übergroßen Bett zusammenbrach.

„Ephraim – "

„Sophie, nein. Du hast keine Ahnung, wie müde ich gerade bin. Fang jetzt bitte keinen Streit an."

Er lehnte sich zurück und faltete die Arme, während er das schwarze Bündel beäugte. Als sie laut seufzte und auf das Bett ihm gegenüber sank, wusste er, dass er diese Runde gewonnen hatte.

„Dir wird das nicht gefallen", warnte sie ihn direkt.

„Geheimnisse mag ich noch weniger", erwiderte er achselzuckend.

Sie errötete und schüttelte den Kopf, sodass ihre blonden Haare wie ein Wasserfall um sie flossen. Dann wickelte sie das Bündel auf und präsentierte ihm den leuchtenden, wertvollen Edelstein, der darin lag. Er war betörender, größer und heller als jeder andere, den Ephraim in seinem langen Leben gesehen hatte.

Und er war *schwarz*. Ein übelerregendes, glühendes Schwarz, das ihn wie einen Magneten anzog. Noch ehe er sich dessen bewusst war, streckte er seine zitternden Finger aus, um ihn anzufassen.

„Nein, nein, nein!", sagte Sophie und verdeckte ihn schnell. „Das ist ein Seelendieb. Er kann nur einmal benutzt werden und du bist definitiv nicht mein beabsichtigtes Zielobjekt."

„Ich habe das unbestimmte Gefühl, dass ich nicht wissen möchte, woher oder wie du in den Besitz dieses Dings gekommen bist", stellte Ephraim fest, der sich mit einer Hand über das Gesicht rieb.

„Korrekt. Dir würde die Geschichte nicht gefallen, das garantiere ich dir."

Er seufzte.

„Du bedeutest wirklich eine Menge Ärger", informierte er sie und gluckste, als sie doch die Dreistigkeit besaß, beleidigt zu wirken. „Kannst du das etwa leugnen?"

Sie biss auf ihre Lippe und zuckte mit den Achseln.

„Das ist nicht meine Absicht", war alles, das sie sagte.

„Du weißt, dass du das nicht benutzen kannst, oder?",

fragte Ephraim. „Ich hasse es, der Überbringer schlechter Nachrichten zu sein, aber dieses Ding ist viel, viel zu dunkel. So etwas einzusetzen würde… ich weiß nicht einmal, was es mit deiner Seele, deiner Aura anstellen würde."

„Ich verstehe nicht ganz, warum du in dieser Sache irgendetwas zu sagen haben solltest", sagte sie, wobei sich ihre Lippen zu einem dünnen Strich verzogen.

Sie erhob sich und trug den Edelstein zum Kleiderschrank, wo sie ihn auf eins der höchsten Regalbretter legte und die Tür schloss. Dann ging sie zurück zu der Stelle, an der Ephraim saß und blickte herrisch auf ihn hinab.

„Du bist meine Gefährtin", erwiderte er und betrachtete ihr Gesicht aus schmalen Augen.

Sie lachte, ein bitterer Laut.

„Du bist nur irgendeine… Person… die ich attraktiv finde", entgegnete sie und errötete beim letzten Teil. „Keiner von uns ist gewillt, auch nur einen Schritt weiterzugehen, nicht bei dieser Art von Chaos in der Stadt. Und das Chaos wird nicht enden, bis…"

Sie fuchtelte mit ihrer Hand zum Schrank.

Ephraim streckte seine Hand aus und schloss seine Finger um ihr Handgelenk, um sie näher zu sich zu ziehen. Sie verlor das Gleichgewicht und landete auf seinem Schoß, eine erfreuliche Überraschung. Bei dem plötzlichen Kontakt weiteten sich ihre großen blauen Augen und ihre Zunge schnellte hervor, um ihre Unterlippe zu befeuchten, nur Zentimeter von seiner eigenen entfernt.

„Warum ist dir das so wichtig, hmm?", wollte er wissen. „Ich dachte, du würdest bestimmt mich benutzen, um es zu tun, aber jetzt denke ich, dass du es selbst tun möchtest. Es ist etwas Persönliches, das merke ich. Was ist passiert, dass du gewillt bist, deine eigene Seele für deine Rache aufs Spiel zu setzen?"

Sie biss auf ihre Lippe und wandte den Blick ab.

„Er hat jemandem… jemandem, den ich liebte, geschadet", sagte sie. Tränen schimmerten in ihren Augen.

Eifersucht stieg in Ephraims Kehle hoch, heiß und brennend.

„Ein Mann? Ein Gefährte?", fragte er. Er streckte seine Hand aus und drehte ihr Gesicht zurück zu seinem, sodass er ihr direkt in die Augen blicken konnte.

„Nein", antwortete sie und ihre Miene verdüsterte sich. „Kein Gefährte. Und mehr als das werde ich nicht sagen. Also kannst du das Thema genauso gut fallen lassen."

Erleichterung durchflutete ihn und führte ihm vor Augen, wie stark sein Verlangen nach Sophie wirklich war.

„Ich brauche etwas von dir", sagte er, während er den Drang niederkämpfte, sie an seine Brust zu drücken und ihre Lippen mit einem fordernden Kuss zu verschließen.

„Was?", fragte sie, ihre Stimme kaum mehr als ein Flüstern.

„Wenn du mich in einen unmöglich zu gewinnenden Kampf schickst… ich fürchte mich nicht davor zu sterben, Sophie. Ich möchte nur nicht, dass meine letzte Tat ein Befehl ist, ein Meister, der seinen Sklaven befehligt. Was auch immer du von mir brauchst, ich werde es dir geben. Aber bitte… frag mich einfach danach."

Eine einzelne Träne quoll aus ihrem Augenwinkel und kullerte ihre Wange hinab. Er konnte bereits die abwiegelnden Worte auf ihren Lippen sehen und er konnte nicht zulassen, dass sie sie laut aussprach.

„Du bist die einzige Gefährtin, die ich jemals kennen werde, Sophie. Bitte nimm mir das nicht. Ich werde alles für dich tun, ich schwöre es. Alles."

Sophie schloss einen Moment die Augen, während sie mit sich rang.

„Ich würde dich niemals gegen Papa Aguiel in die Schlacht schicken", beteuerte sie und öffnete nach einer langen Weile die Augen. „Ich habe dir doch schon erzählt, dass ich diejenige sein werde, die ihn besiegt."

„Was dann? Warum hast du all die Mühen auf dich genommen, um an meine Schlüssel zu gelangen? Du musst mich für irgendetwas brauchen", sagte er, blickte suchend in ihr Gesicht und fand keine Antworten.

Eine weitere Träne rollte über ihr Gesicht und Sophie wischte sie weg.

„Ephraim?", fragte sie. „Ich werde es dir nicht befehlen, aber… bringst du mich ins Bett? Dein Bett, in deinem Zufluchtsort. Es könnte…" Ihre Stimme brach und mit ihr auch ein Teil von Ephraims Herz. „Es könnte sehr gut unsere letzte Chance sein, unsere letzte gemeinsame Nacht."

Ephraim konnte ihrem Vorschlag nicht widerstehen, nicht wenn ihn die starke, sture Sophie mit diesen großen, tränengefüllten blauen Augen anschaute.

Seine Arme um sie schlingend, transportierte er sie beide zu seinem *Maladh*.

8

Sophie seufzte, als Ephraim sie zu seinem *Maladh* brachte und mit ihr zu einer niedrigen, gepolsterten Couch lief. Er setzte sie ab und trat dann zurück, legte den Kopf schief.

„Ich denke, wir sollten zuerst reden", sagte er. „Und ich denke, dafür wird etwas Bourbon nötig sein."

Er hielt einen Finger hoch und verschwand in einem der hinteren Räume. Sophie trat von einem Fuß auf den anderen, fühlte sich leicht unwohl. Er wollte Antworten, so viel war klar… und sie wollte sie ihm geben.

Zumindest die, die ihn nicht in Gefahr bringen würden.

Die Anziehungskraft zwischen ihnen war zu stark, um sie zu leugnen. Erneut plagte sie der bittere Gedanke, dass ihre ganze Beziehung völlig anders wäre, wenn sie sich vor Lilys Verschwinden kennengelernt hätten.

Und es war eine Beziehung, ganz egal, was sie sich selbst einreden mochte. Ein Blick auf Ephraim ließ sie erröten. Wenn sich ihre Augen trafen, verspürte sie das verzweifelte Bedürfnis, ihn zu küssen und ihm jeden einzelnen Gedanken zu verraten, der ihr durch den Kopf ging.

Er kehrte mit zwei Gläsern einer bernsteinfarbenen Flüssigkeit zurück und reichte ihr eines. Als er sich neben sie auf das Sofa setzte, war er ihr verführerisch nah und ihre Schenkel streiften sich jedes Mal, wenn sich einer von ihnen bewegte.

„Woher weißt du, dass ich Whisky mag?", fragte sie lächelnd.

Er zuckte mit den Achseln.

„Du wirkst nicht wie jemand, der Wein kühlstellt."

Sie nippten mehrere lange Augenblicke schweigend an dem Alkohol. Ephraim hob lediglich eine Hand, um das Licht auf magische Weise zu dimmen. Er zwinkerte und sagte, er würde für die richtige Atmosphäre sorgen. Er lehnte sich zurück und beobachtete sie schweigend, geduldig wie eh und je.

„Also? Solltest du nicht anfangen?", fragte sie. Der Whisky wärmte ihr Inneres auf angenehme Weise.

„Ich denke, du weißt, was ich sagen werde. Ich habe es schon mal gesagt", seufzte er. „Ich will dich. Ich weiß, dass du das erkennen kannst. Ich möchte nichts lieber tun, als dich jetzt zu meinem Bett zu zerren. Aber ich will nicht, dass du mich benutzt. Ich will nicht, dass du zulässt, dass ich… Gefühle für dich entwickle… und du dich dann morgen umdrehst und mich wie deinen Sklaven behandelst. Ich will mich nur meiner Gefährtin hingeben."

Sophie biss auf ihre Lippe.

„Ich würde dich niemals wie einen Sklaven behandeln", sagte sie.

„Mir Befehle erteilen, die Schlüssel vor mir hin und her schwenken, um dir meine Komplizenschaft zu versichern", sagte er, wobei er für jeden Punkt einen Finger hob. „Rate mal, wie sich das anfühlt? Zu wissen, dass du mich für etwas brauchst, aber nicht zu wissen, wofür du mich benutzen wirst… das ist nicht das Verhalten einer Gefährtin, ganz egal wie sehr ich dich will."

Sie nickte langsam.

„Was, wenn… was, wenn ich dir versprechen kann, dass ich dich nicht in Gefahr bringen werde? Was, wenn ich verspreche, dass du mir bereits zur Verfügung gestellt hast, was ich wirklich brauche?"

Ephraims Augenbrauen schnellten in die Höhe.

„Ist das so?", fragte er. Sie konnte sehen, wie sich die Rädchen in seinem Kopf drehten und er versuchte, herauszufinden, wovon sie sprach.

Sie kräuselte ihre Nase, während sie sich die Worte nochmal durch den Kopf gehen ließ, um sich zu vergewissern, dass sie der Wahrheit entsprachen, dann nickte sie. Sie stellte ihr Glas beiseite und gab dem Drang nach, etwas näher zu ihm zu rücken und eine Hand auf seinen Arm zu legen.

„Wenn ich dich um irgendetwas anderes bitte, wäre das nicht mehr als das, was du bereits für mich getan hast." Sie hielt für eine Sekunde inne und beugte sich etwas näher zu Ephraim. „Wäre das genug Versicherung für dich, wenn ich dir mein Wort gebe, dass ich die Schlüssel niemals gegen dich verwenden würde?"

Ein unlesbarer Ausdruck huschte über Ephraims Gesicht. Er antwortete nicht mit Worten, sondern einem unwiderstehlichen Lächeln, das dort erschien, wo sich zuvor die missmutigen Linien eingegraben hatten. Er beugte sich näher zu ihr und hüllte Sophie in seinen himmlischen, maskulinen Duft.

„Versprichst du es?", flüsterte er, während sich seine umwerfenden frühlingsgrünen Augen in ihre bohrten.

Sophie ließ ihre Augen zufallen, lehnte sich zu ihm und drückte ihre Lippen auf seine. Eine ihrer Hände landete auf Ephraims Brust, die andere umfing zärtlich seinen Hals. Ihre Finger zupften an den seidigen Strähnen seines kinnlangen Haares und zogen ihn näher zu sich.

Das leise Knurren, das in seiner Kehle vibrierte, erregte sie. Sie stürzte sich nach vorne, weil sie näher bei ihm sein, seine harte Brust an ihre Brüste gedrückt spüren, die Hitze seiner Schenkel an ihren fühlen wollte. Sie machte Anstalten, auf seinen Schoß zu klettern in der Absicht, sich rittlings auf ihn zu setzen, aber Ephraim überraschte sie, indem er sie in seine Arme hob und durch das Zimmer zu seinem Bett trug.

Er streckte sich auf dem Bett aus, wobei er Sophie sanft unter seinem großen Körper gefangen nahm. Sie konnte bereits die dicke Länge seines Gliedes durch ihre beiden Jeans spüren, bereit und auf sie wartend. Ihre Hände zerrten an seinem Shirt, begierig, es ihm vom Körper zu reißen und seine nackte Haut auf ihrer zu fühlen.

Sie hatte das seit dem Moment gewollt, in dem sie Ephraim erblickt hatte. Sie wollte es mehr als alles andere… dachte an ihn, fantasierte mehr über das hier, als dass sie über ihre aktuellen Rachepläne nachdachte. Es war eine Flucht, zweifellos, doch mit Ephraim hatte sie etwas Tieferes gefunden, als sie erwartet hatte.

Er fing ihre beiden Hände ein und führte sie über ihren Kopf, knabberte an ihren Lippen, während er ihr die dünne, weiße Seidenbluse vorsichtig vom Körper streifte. Dann befreite er ihre Hände und schälte sie aus ihren dunklen Jeans, sodass sie in nichts als ihrem schwarzen Spitzen-BH und Höschen dalag.

„Ephraim…", sagte sie, als er neckende Küsse auf ihre Rippen und Innenschenkel drückte.

„Lass mich, mich um dich kümmern, Sophie", murmelte er an ihrer Haut. Kühle Luft liebkoste ihre Brüste, als er ihren BH nach unten schob und jede Brust mit unendlicher Geduld, Zärtlichkeit und Begierde umfing und küsste.

Nach jedem Zungenschlag, jedem warmen Druck seiner Lippen, jedem Mal, wenn sein stoppeliges Kinn über ihre empfindsame Haut strich, brannte sie ein bisschen stärker. Hitze strahlte von ihrer Brust nach außen, sammelte sich in ihrem Unterleib und verursachte Gänsehaut auf ihrer ganzen Haut.

„Ephraim", sagte sie abermals, dieses Mal drängender.

Seine Lippen verzogen sich zu seinem Lächeln, während er ihren Bauchnabel küsste, tiefer wanderte und ihren Slip ihre Beine nach unten riss. Er liebkoste ihre

Beine, während er ihre Schenkel spreizte und ihre Feuchtigkeit mit langen, trägen Leckbewegungen seiner heißen Zunge erkundete. Als er seine Lippen um ihre Klitoris schloss, wand sich Sophie, zu versunken in ihrer Leidenschaft, um sich für das dreiste Rucken ihres Beckens zu schämen.

Gerade als sich ihr Körper anspannte und ihre Erlösung nur noch Momente entfernt war, zog er sich zurück und bedachte sie mit einem hungrigen Blick.

„Hey, das ist nicht fair", protestierte sie und biss auf ihre Lippe.

„Ich möchte spüren, wie du um mich kommst", sagte er und zog den Saum seines Shirts nach oben, um es auszuziehen und beiseite zu werfen, wodurch er Meilen unglaublicher, perfekt geformter Muskeln offenbarte.

„Verdammt, du bist so sexy", informierte sie ihn, streckte ihre Hände aus und ließ sie über seine gebräunte Brust gleiten, tauchte ihre Daumen in die beiden Muskelvertiefungen an jedem Hüftknochen.

Sie sah auf und begegnete seinem Blick, als sie seine Jeans aufknöpfte und ihn mit kunstvoller Langsamkeit entkleidete. Sie zog seine engen, dunkelblauen Boxerbriefs nach unten und sog leicht erwartungsvoll die Luft ein, als sie seine ganze nackte Pracht erblickte.

Er war *riesig*. Lang, dick und perfekt. Ihre Finger umschlossen seinen Schaft, ehe sie sich versah und erkundeten ihn mit den gleichen trägen Bewegungen, die er benutzt hatte, um sie mit seiner Zunge zu verwöhnen. Sie drückte ihn auf seinen Rücken und setzte sich rittlings auf seine Beine, nahm seine Länge in ihre Faust und beugte sich nach unten, um mit ihrer Zunge über seine dicke Eichel zu lecken.

„Sophie, *fuck*", brachte er zwischen zusammengepressten Zähnen hervor und strich ihr die Haare aus dem Gesicht. „Du bringst mich um, ich schwöre es."

Sie schenkte ihm ein verschmitztes Lächeln, bevor sie sich so positionierte, dass sie ihn tiefer aufnehmen konnte.

Sie stöhnte vor Wonne, als er erneut ihren Namen schrie. Jeder Muskel seines Körpers war starr angespannt; Ephraim schien vor Verlangen nach Erlösung zu vibrieren.

Doch allzu bald zog er sie von sich.

„Ich will verdammt sein, wenn ich mich in deiner Kehle ergieße, ganz egal, wie fantastisch dein Mund auch sein mag", sagte er. Sein Dirty Talk ließ sie erröten. Es war albern, wenn man die Intimität ihrer Position bedachte, aber Ephraim brachte ihr Blut auf neue und aufregende Weise in Wallungen.

Sophie erlaubte Ephraim, sie seinen Körper hochzuziehen und empfing seinen Kuss, als er sich an ihrem Eingang positionierte. Sie setzte sich auf, stieß ihre Brüste nach vorne und genoss den Ausdruck männlicher Wertschätzung auf seinem Gesicht. Er hob sie an, bereit, ihre Körper zusammenzuführen.

Er erstarrte eine Sekunde.

„Ich… ich habe seit wenigstens fünfzig Jahren nicht einmal an Verhütungsmittel gedacht", gestand er und zog sie nach unten, sodass er mit der Nase über ihren Hals reiben konnte, während er gedankenverloren ihre Brust umfing.

„Darum musst du dir auch jetzt keine Gedanken machen", versicherte Sophie und küsste seine Lippen, hungrig nach mehr. „Moderne Wunder der Wissenschaft und all das."

„Den Göttern sei Dank", murmelte er und stemmte sich nach oben, um dankbar an ihrer Brustspitze zu knabbern.

„Fick mich endlich", verlangte Sophie und biss ihm im Gegenzug in die Unterlippe.

Er zog eine Braue hoch, aber protestierte nicht, hob sie hoch und führte ihre Mitte direkt über seine Eichel. Gerade als er im Begriff war, in sie zu stoßen, hielt er wieder inne.

„Mmh… falsche Stellung", verkündete er, ein teuflisches Lächeln im Gesicht.

Sophie öffnete den Mund, um Protest zu erheben, aber schon drehte Ephraim sie um. Das Gesicht nach unten, der

Hintern in der Luft, die Knie weit gespreizt. Als er sich selbst in Position brachte und sie mit einem tiefen, nerven-auflösenden Stoß füllte, schrie sie auf und krallte sich in die Bettwäsche.

„Ephraim, ja!"

Er packte ihre Hüften fest, während er wieder und wieder in sie stieß, langsamer wurde, um hart auf ihre Pobacke zu schlagen, und dann wieder das Tempo beschleunigte. Sophie fiel über die Klippe einer unbe-kannten Empfindung, ihr Gesicht in das Betttuch gepresst. Sie wusste nichts, sah nichts, hatte nichts in ihrem Leben außer dem Gefühl von Ephraim, der ihren Körper hart bearbeitete.

Ihre Brüste zogen sich beinahe schmerzhaft zusammen, ihr ganzer Körper fühlte sich schwer und voll und begierig an. Sie war so, so nah, konnte aber nicht ganz loslassen, nicht ohne ihn.

Sie wollte so, so unbedingt fühlen, wie er die Kontrolle verlor und in ihr kam. Dieser Gedanke allein stieß sie beinahe über die Klippe, aber sie hielt sich fest.

Ihre Kehle schmerzte, doch sie konnte ihre eigenen Lustschreie nicht hören. Als Ephraims geschickte Finger um ihre Hüfte und ihren Schenkel hinab glitten und ihre Klitoris fanden, zersplitterte sie augenblicklich, zog sich zusammen und schrie und schluchzte.

Ephraim kam mit einem Schrei, seine Finger packten ihre Hüften schmerzhaft hart, während er seinen Samen immer wieder tief in ihren Körper spritzte und ihre Fantasie auf Arten wahr werden ließ, die sie nicht einmal erfassen konnte.

Da schockierte er sie, indem er einen Arm um sie schlang, sie nach oben zog und seine Lippen an ihren Hals presste. Er vergrub seine Zähne in ihrem Hals und markierte sie als seine Gefährtin, womit er sie völlig über-rumpelte.

Sie sollte protestieren, sich gegen ihn auflehnen. Sie

sollte wütend sein, dass er sie nicht einmal *gefragt* hatte, ob sie es wollte, ihn wollte…

Stattdessen erlaubte sie Ephraim, sie nach unten auf das Bett zu ziehen, sie in seine Arme zu schlingen und ihr die süßesten Dinge an den Hals zu flüstern, dort wo sich ihr neues Paarungsmal befand. Jede andere Minute jeden Tages kämpfte sie.

Gerade hier, gerade jetzt…

War Unterwerfung ihre Flucht und Ephraim der Erfüller ihrer Träume.

Nur für heute Nacht…

Als sie diese Worte dachte, schmerzte der Biss an ihrem Hals und sie wusste, dass sie nicht wahr waren. Sie gehörte jetzt zu Ephraim und Ephraim zu ihr. In guten wie in schlechten Zeiten, sie waren aneinander gebunden… zumindest bis es Sophie gelang, Papa Aguiel zu töten, was sie wahrscheinlich vollständig zerstören würde.

Darüber sollte sie jetzt besser nicht nachdenken. Es wäre besser, Ephraims verlockenden, tröstlichen Geruch einzuatmen, in seinen beschützenden Armen zu liegen, seine Wärme aufzusaugen…

Und sich selbst zu belügen, wenn es das war, was es brauchte, um dieses winzige bisschen Glück zu ergattern.

9

*T*umult beschrieb nicht einmal annähernd den Zustand des French Quarter, als Sophie und Ephraim im bewaffneten SUV der Wächter die Decatur Street entlangfuhren. Duverjay chauffierte alle Männer sowie Alice und Echo, denen es anscheinend erlaubt war auf so eine gefährliche Mission mitzukommen. Als sie am French Market vorbeifuhren und den normalerweise vorhandenen Einbahnstraßen keinerlei Beachtung schenkten, lag der Ort völlig verlassen da.

Mit Ausnahme der umhertaumelnden Leichen und der Besessenen, die zahlreich vorhanden waren. Ganze Gruppen von ihnen bewegten sich in Schwärmen in diese und jene Richtung, mit nur einem Ziel im Kopf wie eine Herde Schafe, die vorwärts getrieben wurde… aber wohin?

„Scheiße, dort ist eine Gruppe Menschen, die vom *River-walk* wegrennen", sagte Aeric und deutete zu dem geteerten Bereich, an dem das French Quarter auf den Mississippi traf. „Sie machen auf mich nicht unbedingt den Eindruck von Besessenen."

„Fahr rechts ran", befahl Rhys Duverjay. „Und wage es ja nicht, Echo aus diesem Wagen zu lassen."

Sophie zog eine Braue hoch. Das war also der Deal, den

Echo ausgehandelt hatte? Sie durfte den Graumarkt verlassen, aber wurde gezwungen, im Auto zu bleiben? Ziemlich unfair, Sophies Meinung nach.

Ihr eigener Gefährte betrachtete sie, als würde er sich nichts sehnlicher wünschen, als sie ebenfalls dazu zu zwingen, aber er blieb bloß angespannt und stumm. Als der SUV quietschend anhielt, stiegen sie alle nacheinander aus. Die Hälfte der Wächter ging auf die näherkommenden Menschen zu, aber das war vergebene Liebesmüh. Nach einigen Momenten blieben die Menschen wie angewurzelt stehen und starrten ins Leere.

„Papa Aguiel hat sie bereits seinem Zauber unterworfen", stellte Ephraim an Sophie gewandt fest. Sie nickte. In einem fürchterlichen Moment drehten sich die Menschen einheitlich um und begannen zurück zum Fluss zu wanken.

„Er befindet sich auf dem Dampfschiff Natchez", sagte Sophie, die auf einen hellen Blitz blauen Lichtes deutete, der sich in den Nachthimmel erhob. „Er kanalisiert wahrscheinlich rohe Elementarmagie direkt vom Fluss und stärkt damit seine Kontrolle über die Besessenen."

Die Hand in ihre Tasche schiebend, vergewisserte sich Sophie, dass der dünne Samtbeutel, in dem sich der schwarze Edelstein befand, noch immer da war. Er schien auf sie zu warten.

Während sie und Ephraim und die restlichen Wächter sich beeilten, den besessenen Menschen zu folgen, machte Papa Aguiel seine Gegenwart deutlicher. Magieblitze stoben nacheinander in den Himmel und man konnte eine dunkle Gestalt am Deck des Schiffes erkennen, die in das gleiche blaue Licht gehüllt war.

Während Sophie sich das Gehirn zermarterte auf der Suche nach verzweifelten, last-minute Ideen, wie sie den Edelstein an Papa Aguiel anwenden könnte, ohne Ephraim mit rein zu ziehen, nahm ihr Gefährte seine Bärengestalt an und galoppierte auf eine große Gruppe Zombies zu, die vom östlichen Ende der Stadt herbei trotteten.

Als sie ihn beim Kämpfen beobachtete und die Viertelmeile an Feinden und Kämpfen, die zwischen den Wächtern und Papa Aguiel lagen, abschätzte, erkannte Sophie, dass sie keine Wahl hatte. Ja, sie könnte Ephraim für immer verlieren, wenn sie ihre Befehlsmacht gegen ihn verwendete. Ja, es würde sie zerstören; wenn der Seelendieb ihre Aura nicht permanent vernichtete, dann würde es die Tatsache, dass sie Ephraim verjagt hatte.

Doch wenn sie es nicht tat… würden sie und Ephraim beide sterben, gemeinsam mit dem Rest der Stadt, vielleicht sogar mit der ganzen Welt. Lilys Geist würde für die Ewigkeit an Papa Aguiels gebunden sein und nie in der Lage sein, in die nächste Welt weiterzuziehen.

Was ihre Wahlmöglichkeiten betraf, so war eine schlimmer als die andere. Aber die Vorstellung, dass Lilys Vermächtnis Teil dessen war, was der Untergang der Menschheit sein würde…

„Ephraim!", brüllte sie und versuchte, seine Aufmerksamkeit zu erregen, bevor sie den Mut verlor. Sie verfluchte sich bereits, zog dennoch die Schlüssel aus ihrer hinteren Hosentasche und hielt sie in die Höhe. „B-bring mich zu deiner Zuflucht!"

Der Zorn auf seinem Gesicht war nicht zu übersehen. Er kam zu ihr, seine Bewegungen so starr und ruckartig wie die der Besessenen, die sie vorhin beobachtet hatte. Tränen rannen Sophie übers Gesicht, während sie nur dastand und auf ihn wartete in dem Wissen, dass sie gerade die besonderste Sache in ihrem ganzen beschissenen neuen Leben vernichtet hatte.

Als Ephraim ihre Hand in einen schmerzhaften Griff nahm, zuckte sie nicht zusammen. Sie hieß den Schmerz willkommen. Er schloss die Augen und transportierte sie in Windeseile vom Schlachtfeld. Ephraims ruhiges, ätherisches *Maladh* war Balsam für ihre Sinne, aber sie wollte nichts davon.

„Geh nicht", bat Ephraim sie mit knirschenden Zähnen. „Was auch immer du tun willst, bitte tu es nicht. Sophie…"

„Er hat meine Schwester getötet", erklärte Sophie ihm. „Weil sie unschuldig war, hat er sie benutzt, um in dieser Welt Fuß zu fassen. Ihr Geist kann nie Ruhe finden, weil ein Teil von ihr für immer an ihn gebunden ist."

Ephraim wandte sich von ihr ab, doch Sophie brauchte ihren endgültigen Abschied.

„Bleib stehen", befahl sie ihm.

Seine Wut war beinahe greifbar, aber Sophie lief einfach um ihn herum, schlang ihre Arme um seine Schultern und umarmte ihn fest. Sie hob sich auf die Zehenspitzen, um seine unnachgiebigen Lippen zu küssen, wobei sie ihm jedoch nicht in die Augen blicken konnte. Seine Abscheu war mehr als sie momentan ertragen könnte.

„Ich muss das tun, allein. Es wird mich umbringen, wahrscheinlich. Ich kann nicht zulassen, dass du dieses Opfer begehst, für keinen Grund der Welt", erzählte sie ihm. „Ich werde den Gang hinabgehen ins Reich der Geister und ich werde wahrscheinlich nicht zurückkommen." Sie blickte für den Bruchteil einer Sekunde zu ihm hoch, nur um das reine Feuer bestätigt zu wissen, das sie in seinem Blick sah. „Ich hätte sowieso nichts oder niemanden, zu dem ich zurückkehren könnte, nicht nach dem hier. Ein Vorteil des Ganzen ist, dass die Schlüssel vermutlich mit mir sterben werden. Ich denke… ich habe einige Nachforschungen angestellt und ich denke, dass du befreit werden wirst, wenn mein Geist sich auflöst."

Sie steckte die Schlüssel in ihre Tasche und wandte sich zum Gehen.

„Folg mir nicht. Das ist mein letzter Befehl. Und Ephraim – " Sie blickte ein letztes Mal zu ihm zurück, wischte ihre Tränen weg und versuchte, tapfer zu sein. „Es tut mir leid. Du hast jemand so viel Besseren als mich verdient."

Daraufhin verließ Sophie ihn und hielt nicht an, bis sie den Gang erreichte. Nach einem tiefen, stärkenden Atemzug riss sie die Tür zum Reich der Geister auf und trat hindurch, ohne zu stoppen, nicht einmal um erneut zurück-zublicken.

Das war ihr Schicksal.

10

*E*phraim stand mehrere Minuten stocksteif da, denn Sophies Befehl hielt ihn in so festem Griff, dass er nicht einmal daran denken konnte, Widerstand zu leisten. Er hörte in der Ferne eine Tür zuschlagen und wusste, dass sie durch das Portal ins Reich der Geister getreten war. Seine Muskeln verankerten ihn an Ort und Stelle, aber sein Verstand begann sich zu entspannen.

Für einen kurzen, schuldbewussten Augenblick überlegte Ephraim, sie einfach gehen zu lassen und auf das unabwendbare Ende der Nacht zu warten. Wenn Sophie im Reich der Geister starb, bestand eine Chance, dass sie ihn tatsächlich zufällig von seiner Knechtschaft befreite.

Aber nein. Sie war *sein*, seine Gefährtin. Sein zu beschützen und zu lieben, sein zu retten. Er konnte sie nicht allein gehen lassen, ganz egal was das für ihn persönlich bedeutete.

In dem Moment, in dem sich der Zauber so weit lockerte, dass er anfangen konnte, sich zu bewegen, begann er, sich dazu zu zwingen einen Fuß vor den anderen zu setzen. Blendender, sengender Schmerz donnerte durch seine Adern, schrie qualvoll in seinem Kopf, aber er lief weiter. Er ging weit über seine Grenze hinaus, ignorierte, was er tun *konnte* und konzentrierte sich stattdessen darauf, was er tun *musste*.

Es bis zur Tür zu schaffen, dauerte länger als er gedacht hatte. Sie zu öffnen und durch sie hindurch ins Reich der Geister zu treten, war unerträglich. Zitternd schob er sich weiter, wobei er versuchte, sich schneller zu bewegen. Er dachte an nichts anderes als sein verzweifeltes Verlangen, zu *ihr* zu gelangen.

Es fühlte sich wie eine Ewigkeit an, aber schließlich fand er sie. Sie stand vor einer Art Wand, wenn man es denn so nennen konnte. Die Wand war mitternachtsblau und so hoch und breit wie das Auge reichte. Sie war mit tausenden oder vielleicht Millionen der filigransten vorstellbaren weißen Punkte übersät. Winzige, funkelnde Lichter, die vor dem Dunkelblau tanzten wie Sterne, die den Nachthimmel überzogen.

Ein einzelner Stern hob sich vom Rest ab, hing eine Armlänge über Sophies Kopf und loderte in einem feurigen Blau.

„Sophie", sagte er, um ihre Aufmerksamkeit zu erhalten.

Als sie sich umdrehte, zuckte sie zusammen und schien in sich zusammen zu fallen.

„Du bist… hier? Aber wie?", fragte sie.

Ihr Gesicht war rot und geschwollen vom Weinen und sie umklammerte den verhüllten Edelstein mit beiden Händen.

„Ich kann Befehlen widerstehen. Es ist nur… sehr, sehr schmerzhaft. „Du bist meine Gefährtin, Sophie. Wir sind aneinander gebunden, ganz egal was auch passiert. Ich konnte dich nicht allein hierherkommen lassen."

Ihre Schultern sackten zusammen. Falls er Freude von ihr erwartet hatte, so wurde er enttäuscht.

„Ich gebe dich frei", sagte sie kopfschüttelnd.

Sofort verschwand sein Schmerz, obwohl seine Ohren nach wie vor kaum merklich klingelten.

„Was ist das?", fragte er und trat zu ihr, um sich neben sie zu stellen.

„Ich habe auch eine Minute gebraucht, um es zu verstehen." Sie schürzte die Lippen. „Dieses blaue Licht… das ist Papa Aguiel. Und alle anderen…"

Sie schwenkte ihre Finger, um auf die restlichen Lichter hinzuweisen.

„Sind alles Seelen?", fragte er und sie nickte.

„So muss es sein."

„Steck das eine Sekunde in deine Tasche", sagte Ephraim und nickte zu dem Stein, den sie festhielt.

Als sie seiner Forderung nachkam, wenngleich langsam, streckte Ephraim eine Hand aus und fasste sie an der Taille. Er schockierte sie, indem er sie an seinen Körper zog, fest. Er eroberte ihre Lippen mit einem fordernden, hungrigen Kuss und gab sie erst wieder frei, als sie beide atemlos und sehnsüchtig waren.

„*Das?*", sagte er und legte seine Stirn an ihre. „Das ist unser Band, Sophie. Du kannst mich nicht Papa Aguiel töten lassen? Tja, ich kann es dir auch nicht erlauben. Wenn wir Schicksalsgefährten sind, und ich denke, das ist mittlerweile nicht mehr zu leugnen, dann sollen sich unsere Leben eigentlich miteinander verweben. Zusammenwachsen für den Rest unserer Existenz."

„Ephraim, ich kann dich das nicht tun lassen."

„Was du vorhin gesagt hast, darüber, dass du nichts haben wirst, zu dem du zurückkehren kannst? Wenn du das hier durchziehst, werde ich auch nichts haben."

In dieser Position standen sie eine Minute da und starrten einander an. Sophie stieß schaudernd Luft aus und unterbrach den Blickkontakt.

„Dann haben wir hier eine Pattsituation, Ephraim. Was schlägst du also vor?", fragte sie mit trauriger Stimme.

„Wir machen es gemeinsam. Was auch immer passiert, passiert uns beiden. Keiner von uns wird allein zurückbleiben."

Eine frische Träne hinterließ eine Spur auf Sophies Gesicht.

„Ich verdiene dich wirklich nicht, Ephraim."

„Wir verdienen einander", erwiderte er und schüttelte sacht den Kopf. „Ich verstehe das jetzt."

„Was denkst du, wird geschehen?", fragte sie und ihre Worte machten ihm Hoffnung.

„Ich kann es nicht sagen. Vielleicht… wenn wir großes, großes Glück haben, kann jeder von uns ein wenig von dem Bösen aufnehmen anstelle der ganzen Dosis… Wenn nicht, wo auch immer wir hingehen, zumindest werden wir zusammen sein."

Sie biss auf ihre Lippe und holte den Edelstein aus ihrer Tasche. Anschließend schnürte sie den schwarzen Samtbeutel auf und blickte erneut zu ihm empor.

„Bist du dir sicher?", fragte sie.

Ephraim nickte feierlich.

Sie ließ den Stein in ihre beiden Hände fallen, auf die Stelle, an der sich Ephraims Finger mit ihren verflochten hatten. Ephraim grunzte wegen des sengenden Brennens, das der Edelstein auf seiner Haut erzeugte, aber zuckte nicht zurück.

„Gemeinsam", flüsterte Sophie.

Sie reckten ihre Hände und sprangen beide nach oben, um den Edelstein gegen den leuchtenden blauen Stern in dem endlosen Mitternachtshimmel zu schlagen. Zu Ephraims Überraschung saugte der Edelstein an dem Stern und der Stern saugte an dem Edelstein, wobei er Magie aus einer tiefen Quelle irgendwo tief in seinem Inneren zog.

Den Zauber mit Energie versorgte.

Plötzlich wurde der Edelstein unerträglich heiß und als Ephraim Sophie davon wegriss, zersplitterte er. Tausende Splitter aus reiner Dunkelheit prasselten auf sie nieder, bedeckten sie, regneten von oben auf sie herab und füllten Ephraims Bewusstsein mit einer undurchdringlichen Schwärze.

Das Letzte, was er bemerkte, war das Gefühl von Sophies Handfläche, die sich noch immer gegen seine presste.

Alles andere verschwand.

Sophie kam zu Bewusstsein, während sie neben Ephraim in einer Welt aus gedämpftem, endlosem Weiß stand. Weißer Nebel schwebte überall und klebte feucht an Sophies Haut. Er hätte sich meilenweit erstrecken oder wenige Schritte von Sophies Gesicht entfernt enden können. Es war unmöglich zu sagen.

„Wo sind wir?", fragte Ephraim. Seine Stimme war leise und verzerrt, als würde er aus weiter Ferne zu ihr sprechen.

Sophie schüttelte den Kopf und griff mit ihrer Hand nach seiner, die er ihr anbot. Ihre Finger mit seinen zu verschränken, beruhigte und erdete sie trotz ihrer Umgebung.

„Glaubst du, wir sind gestorben?", fragte sie nach einem Moment.

Ephraim blickte zu ihr und schüttelte dann den Kopf.

„Ich glaube nicht."

„Siehst du das?", erkundigte sich Sophie und deutete nach links. Sie stierte mit zusammengekniffenen Augen in die Ferne, da sie glaubte, sie könnte etwas erkennen… nun, sie war sich nicht sicher was.

„Ist das ein Baum?", fragte Ephraim. „Lass uns nachsehen."

Er drückte ihre Hand beruhigend und zog sie sachte zu der undefinierbaren Form. Und tatsächlich, als sie sich darauf zu bewegten, lichtete sich der Nebel. Dort erhob sich ein einzelner Fächerahorn hoch in den Himmel, dessen rote Blätter einen starken Kontrast zu dem Weiß der Welt boten. Neben ihm befand sich ein kleiner Teich mit einem Ufer, das von perfekt gerundeten Steinen gesäumt war. Direkt unter dem Baum stand eine kunstvoll geschnitzte Holzbank und auf der Bank saß eine einsame Gestalt.

Selbst aus der Ferne und obgleich die Schultern der Gestalt nach vorne gebeugt waren und ihre Nase in einem großen grünen Buch steckte, erkannte Sophie sie sofort.

„Lily", keuchte sie. „Ephraim, das ist meine Schwester."

Tränen schossen ihr schlagartig in die Augen. Sie ließ Ephraims Hand nicht los und zerrte ihn stattdessen mit sich. Als sie nah genug waren, dass man ihre Schritte hören konnte, blickte Lily auf und schenkte ihnen ein bezauberndes Lächeln. Sie klappte ihr Buch zu, legte es beiseite und erhob sich, wobei sie über ihr schlichtes weißes Kleid strich. Ihre langen blonden Haare waren ordentlich geflochten, ihre Wangen rosig.

„Da bist du ja", sagte Lily, als wäre alles in bester Ordnung.

„Oh, Lily!", schluchzte Sophie, ließ Ephraim doch noch los und warf sich in die Arme ihrer Schwester.

„Oh – ", versuchte Lily sie zu warnen, aber Sophies Enthusiasmus war einfach zu groß.

Sie trat direkt durch den solide wirkenden, aber letztendlich substanzlosen Körper ihrer Schwester.

„Sorry", entschuldigte sich Lily, die eine Grimasse schnitt. „Hier… ist nichts… von Dauer. Du wirst nichts berühren können."

Sophie schlang ihre Arme um sich in dem Bemühen, den plötzlichen Anflug von Trauer darüber, dass sie ihre Schwester nicht umarmen konnte, zurückzuhalten. Es war nur so, dass Lily jetzt so nah war… und dennoch irgendwie eine Welt entfernt.

„Ich vermisse dich so sehr, Lil. Ich… es war wirklich hart ohne dich", sagte Sophie langsam.

„Das habe ich bemerkt. Du bist nicht gerade gut mit meinem Tod zurechtgekommen. Ich habe dich von hier beobachtet", erwiderte Lily. „Es war schlimm, das Ganze mitzuverfolgen."

„Ich habe so viele Fragen. Hauptsächlich… geht's dir hier gut? Ist es… es wirkt einsam", platzte es aus Sophie heraus.

„Wo sind wir?", fragte Ephraim und räusperte sich.

Lily drehte sich um und bedachte ihn mit einem Blick.

„Du musst der Gefährte meiner Schwester sein", stellte sie fest und klemmte sich eine Haarsträhne hinter ihr Ohr. Sie zog an Sophie gewandt eine Augenbraue hoch. „Gut aussehend."

„Lily…" Sophie war wahrhaft ratlos. „*Warum* sind wir… wo auch immer wir sind?"

„Wir sind… lasst uns einfach sagen, *dazwischen*. Es ist einsam hier, sicher, aber auf der anderen Seite gibt es haufenweise andere Leute. Als ihr zwei diesen schrecklichen Mann vernichtet habt, habt ihr den letzten Teil meiner Seele befreit, den Papa Aguiel ziemlich übel beschmutzt hat. Dabei habt ihr auch eure eigenen Seelen beschädigt. Also sind wir jetzt alle hier, dazwischen. Das ist der Ort, an dem wir gereinigt und dann auf unseren Weg geschickt werden."

„Auf unseren Weg wohin genau?", fragte Ephraim rasch.

„Lily, willst du damit sagen, dass du mit uns zurück ins Reich der Menschen kommst? Oder werden wir… werden wir ins Nachleben übergehen?", fragte Sophie, deren Herz zu hämmern begann.

Lily schenkte ihr ein trauriges Lächeln.

„Wir gehen in unterschiedliche Richtungen. Ihr geht zurück", sagte sie und deutete. Als Sophie in die Richtung blickte, in die Lily zeigte, konnte sie sehen, dass sich dort die zarten Umrisse eines Portals abzeichneten, das in einem hellgelben Licht leuchtete.

„Und du?", wollte Sophie wissen.

Lily deutete abermals, dieses Mal in die entgegensetzte Richtung. „Nach vorne", lautete ihre einzige Erklärung für ein Zwillingsportal, welches rosa leuchtete.

„Oh", sagte Sophie, deren Schultern zusammensackten.

„Ich wollte dich mit mir dorthin nehmen", erklärte Lily und legte den Kopf schief. „Ich wollte nicht, dass du allein bist. Aber jetzt… jetzt kann ich es nicht tun. Ich kann sehen, dass auf euch beide noch wirklich Großes wartet."

Tränen rannen über Sophies Wangen. Sie schaute zu Ephraim, der an ihre Seite trat und wieder ihre Hand nahm.

„Das tut es", bestätigte Ephraim. „Stimmt's, Sophie?"

Sophie nickte langsam, betrachtete Lily jedoch nach wie vor sehnsüchtig.

„Ehrlich? Die Zeit ist hier so anders", sagte Lily und schaute sich um. „Für mich wird es sich nur wie ein Wimpernschlag anfühlen und dann werden wir alle wieder vereint sein."

„Du scheinst dir dessen ziemlich sicher zu sein", stellte Ephraim mit hochgezogenen Brauen fest.

„Das bin ich", verkündete Lily. Sie schürzte die Lippen. „Fürs Erste allerdings… kümmert euch gut um einander, ihr zwei. Ich werde euch im Auge behalten, um sicherzugehen."

Beide Portale wurden immer heller und Lily seufzte.

„Das ist unser Stichwort", sagte sie. „Könnt ihr mir bitte einen Gefallen tun? Nehmt dieses Buch mit und sorgt dafür, dass Mere Marie es erhält. Sie wird es brauchen."

Sie hob den schweren in Leder gebundenen Wälzer auf und drückte ihn Sophie in die Hände. Sophie war nach ihrer Erfahrung, Lily berühren zu wollen, schockiert wie schwer und echt es war.

„Was ist das?", fragte sie.

„Zerbrich dir darüber nicht den Kopf", sagte Lily und winkte mit der Hand. „Mich hat lediglich jemand gebeten, es weiterzugeben."

Ihre Gestalt flackerte und wurde durchsichtig.

„Lily, ich vermisse dich so sehr", sagte Sophie.

„Ich dich auch, Soph. Genieß einfach das Leben in vollen Zügen, so sehr, dass es für uns beide reicht. Ich werde dich schon bald wiedersehen, ich verspreche es."

Lily schenkte ihr ein letztes Lächeln und lief dann zu dem Portal. Sophie spürte, dass Ephraim sie sanft in die entgegengesetzte Richtung zog und sie ließ sich von ihm wegführen. Lily verschwand in einem Aufblitzen von Rosa und kurz darauf trat Sophie durch ihr eigenes Portal, das Buch an ihre Brust gepresst.

Eine sanfte Welle reiner weißer Magie strich im Vorbeigehen über sie und sie konnte fühlen, wie die Schichten der dunklen Magie weggefegt wurden, das Resultat ihrer starrköpfigen Kampagne gegen Papa Aguiel.

Es war, als würde sie die sauberste Luft tief einatmen, in kristallklares, kaltes Wasser tauchen. Reinigend, säubernd und bis in die Seele befriedigend.

Als Sophie und Ephraim wieder in dem endlosen Gang seines *Maladh* landeten, sah sie zu ihm und lächelte.

„Deine Aura… sie ist völlig rein", sagte sie.

„Deine auch. Und ich habe noch eine Überraschung", sagte er und zog eine Braue hoch.

„Ja?"

Er nahm Sophies Hand und führte sie an seinen Hals. Ihre Finger trafen auf nichts als glatte, warme Haut.

„Dein Halsband ist verschwunden!", stellte sie verblüfft fest.

„Du hast das für mich getan", sagte er, während sich langsam ein Lächeln auf seinen Lippen ausbreitete.

„Was? Wie?", fragte sie und Röte stieg ihr in die Wangen.

„Dein größter Wunsch war es, Papa Aguiel zu vernichten, *allein*. Als du mir erlaubt hast, dir zu helfen, hast du diesen Wunsch geopfert… und mich damit befreit."

„Warum hast du nicht vorher schon etwas gesagt?", fragte sie und schlug ihm leicht auf den Arm.

„Oh, ich weiß nicht. Die Welt retten, den Geist deiner Schwester sehen… es war eine Menge los", scherzte er.

„Oh, Ephraim", seufzte Sophie. Sie legte das Buch beiseite und schlang ihre Arme um ihn. Sie umarmte ihn fest, wobei sie sich zum hundertsten Mal an diesem Tag bemühte, nicht zu weinen. „Was werden wir jetzt tun? Wir waren so damit beschäftigt zu versuchen, die Welt zu retten, dass wir dieses Gespräch nicht einmal geführt haben."

„Weißt du, was wundervoll ist?", fragte er, während er ihr übers Haar streichelte.

„Hmm?"

„Wir können überall hingehen, alles tun. Wir wissen, dass wir Schicksalsgefährten sind und das war der schwere Teil. Nachdem wir so lange gegen unsere Gefühle angekämpft und versucht haben, nicht zu sterben, können wir einfach… allein sein, einander kennenlernen, beschließen, was wir wollen. Wir haben die Lebenszeit Unsterblicher, um das alles zu tun."

Sophie wich leicht zurück und blickte zu ihm hoch. Jetzt brannten ihr definitiv Tränen in den Augen, sie kam einfach nicht dagegen an.

„Ja?", war alles, das sie hervorbrachte.

„Absolut", schwor er. „Für den Moment… würde ich sagen, dass wir zurück ins Reich der Menschen gehen und nach den Wächtern sehen. Vergiss nicht, dass wir noch ein rätselhaftes Buch übergeben müssen. Wie klingt das?"

„Es könnte nicht perfekter sein", stimmte Sophie zu. „Lass uns gehen."

Sophie verschränkte ihre Finger mit Ephraims und grinste. Mit ihm würde sie überall hingehen, alles tun, was er wollte.

Immerhin war er ihr Gefährte fürs Leben… für immer und ewig.

EPILOG

„*J*n Ordnung. Ich denke, ich werde mich für die Nacht zurückziehen", verkündete Mere Marie mit einem reumütigen Seufzen. „Nach fast zwei Tagen des Feierns, bin ich erledigt. Ich bin zu alt für das hier."

Sie waren alle in der Küche versammelt, nippten *St. Germain Punsch* und tauschten fast-das-Ende-der-Welt Geschichten aus. Rhys und Gabriel schnaubten beide, doch Mere Marie deutete lediglich auf Baby Marie, die tief und fest an Cassies Schulter schlief.

„Sie hat die richtige Idee", verkündete Mere Marie und streichelte dem Baby liebevoll über den Rücken.

„Morgen sollten wir übers Geschäftliche reden", sagte Aeric, der sich dehnte und sein Sektglas wegstellte. „Jetzt, da wir unsere zwei größten Feinde besiegt haben, würde mir die Vorstellung gefallen, dass die Wächter eine Art Friedenswahrer werden… anstatt ständig zu versuchen, eine Apokalypse aufzuhalten."

Mere Marie nickte.

„Das Herrenhaus gehört den Wächtern und ihren Familien", sagte sie und lächelte abermals das schlafende Baby an. „Ich hoffe, dass so viele wie möglich von euch hierbleiben, dauerhaft."

„Es gibt noch genügend Zeit, um das alles zu klären", meinte Rhys, der den Rest seines Drinks in einem Zug leerte.

„Tatsächlich… haben wir in diesbezüglich Neuigkeiten", meldete sich Kira zu Wort. „Jetzt, da sich die Dinge beruhigt haben, werden Asher und ich eine Weile weggehen. Reisen, die Welt anschauen. Wir haben eine Menge nachzuholen."

Sie griff nach unten und nahm Ashers Hand und der bewundernde Blick, den er Kira schenkte, war so liebevoll, dass es beinahe schon übelkeitserregend war. Er küsste ihren Scheitel und strahlte sie an, alles andere um ihn herum war vergessen.

„Nun, wie Rhys sagte. Das sind alles Dinge, die wir morgen besprechen können. Fürs Erste denke ich, klingt eine Nacht erholsamen Schlafs wundervoll", erwiderte Mere Marie.

Nach einer Runde *Gute Nachts* lief sie nach oben und schlüpfte in ihr Nachthemd. Sie ließ ihre langen weißen Haare offen über ihren Rücken fallen und setzte sich auf ihre Bettkante. Dann wurde sie vor Schreck beinahe ohnmächtig. Die Kerzen flackerten, manche verloschen.

Der Raum wurde kalt.

Und dort war er. Mitten in ihrem Schlafgemach, geisterhaft, aber allzu präsent, stand Le Medcin.

„Monsieur", sagte sie, neigte in einer respektvollen Geste den Kopf und presste ihre Hand auf ihr hämmerndes Herz. „Sie haben mich erschreckt."

Er trug seinen üblichen hochwertigen, aber uralt aussehenden Anzug, dessen taubengrauer Stoff seine ebenholzfarbene Haut noch dunkler wirken ließ. Allein ihn anzuschauen, faszinierte und widerte sie an, genauso wie seine Magie.

„Du hast dich sehr gut geschlagen, Marie", sagte er. Seine tiefe Stimme jagte ihr einen Schauer Gänsehaut über die Arme.

„Dankeschön, Monsieur." Sie wartete, weil sie wusste, dass er aus einem bestimmten Grund hier sein musste.

„Deine Wächter waren sehr erfolgreich, so viel erfolgreicher als ich erwartet hatte. Dennoch…", er hielt einen Moment inne. „Die Welt der Menschen befindet sich in einer sehr gefährlichen Lage. Der Krieg zwischen Himmel und Hölle, Gut und Böse… Die Gezeiten verändern sich und nicht zu unserem Vorteil."

Sie war überrascht zu hören, dass sich Le Medcin selbst der guten Seite zugehörig fühlte. Oder überhaupt irgendeiner Seite… bis zu diesem Moment hatte sie ihn als wahrhaft neutrale Gewalt betrachtet. Als Schiedsrichter zwischen Gut und Böse, wenn man so sagen wollte.

„Ich verstehe", war alles, was ihr zu sagen einfiel.

„Du wirst deine Angelegenheiten regeln müssen", erklärte er und wechselte das Thema. „In vierundzwanzig Stunden lernst du deine neuen Schützlinge kennen."

„Ich – was?", fragte sie verwirrt.

„Komm", sagte er und winkte sie zu dem breiten magischen Spiegel in der Ecke ihres Schlafzimmers. Indem er einen einzigen geisterhaften Finger auf die Spiegeloberfläche presste, sorgte er dafür, dass diese Wellen schlug und sich veränderte, ein Bild formte.

Ihr Blickwinkel war merkwürdig, aber nach einem Moment richtete er sich aus. Dicke schwarze Stahlrohre formten einen Käfig und verdeckten einen Teil dessen, was sie sehen konnte, aber die Insassen des Gefängnisses waren sonnenklar zu erkennen.

Drei bullige, muskulöse Männer. Bedeckt mit Tattoos und mit wilden, hassverzerrten Mienen. Sie standen mit verschränkten Armen da und starrten Mere Marie direkt an, als ob sie irgendwie wüssten, dass sie sie beobachtete.

Am Außergewöhnlichsten war jedoch, dass alle drei Männer jeweils ein Paar prächtiger Flügel besaßen, die sich hoch über ihren Köpfen erstreckten.

„Engel", flüsterte Mere Marie, der das Wort ohne langes Nachdenken in den Sinn kam.

„Gefallene Engel", korrigierte Le Medcin mit einem Seufzen. „Diese drei waren... problematisch. Wir brauchen jemanden, der in den kommenden Tagen ein Auge auf sie hat. Man glaubt, dass sie eine Schlüsselrolle für die Kräfte des Guten spielen werden, welche das menschliche Reich beschützen und Luzifer daran hindern, auf der Erde zu wandeln und jede lebende Seele der Welt in seine Herrschaft zu bringen."

Mere Maries Mund öffnete und schloss sich wieder. Sie war selten sprachlos, aber das… das war etwas völlig anderes.

„Der Teufel ist dort draußen, Marie. Und er ist viel größer und gemeiner und klüger als die Kräfte, gegen die du hier gekämpft hast. Diese drei Krieger, die ich dir gebe… sie hätten großartige Wächter abgegeben, aber jetzt brauchen wir sie für einen höheren Zweck. Genauso wie wir dich für einen höheren Zweck brauchen. Mach dich bereit."

„Aber warum jetzt?" Diese Frage musste sie einfach stellen.

Le Medcin betrachtete sie einen schweigenden Herzschlag lang und schien abzuwägen, wie viel er ihr erzählen konnte.

„Ich kann es nicht beweisen, aber die Hölle verändert die Waagschalen irgendwie. Wir dürfen nicht zulassen, dass sie damit weitermachen. Sie werden die Welt dezimieren, alle Menschen und Kith versklaven und Feuer vom Himmel regnen lassen."

„Ich… okay", war alles, das sie herausbrachte, ehe er erneut sprach.

„In einem Tag ab jetzt werde ich dich holen. Pack leicht und nimm nur mit, was du brauchst."

Er drückte ihr eine cremefarbene Visitenkarte in die Hände und sie versuchte, bei der eisigen Berührung seiner Haut auf ihrer nicht zu erschaudern. Dann war er fort, verschwunden wie die Erscheinung, die er war.

Sie starrte hinab auf die Karte, die sie mit zitternden Fingern umklammerte.

„Les Mercenaires", las sie laut vor.

Das kam ihr bekannt vor...

Cairns leises Schnurren füllte den Raum, als er herein-schlüpfte, um sich um ihre Beine zu schlängeln. Der schwarze Kater setzte sich zu ihren Füßen und sah mit seinen leuchtenden Augen zu ihr empor.

„Geht's dir gut?", fragte er sanft.

„Fang an, alle wichtigen Bücher zu packen", trug sie ihrem Vertrauten auf. „Wir verlassen das Herrenhaus morgen Abend."

„Für wie lange?", wollte er wissen.

„Ich weiß es nicht."

„Wohin gehen wir?"

„Ich weiß es nicht."

„Nun, was weißt du überhaupt?"

Sie blickte auf den Kater, ein kühles Lächeln auf den Lippen.

„Ich denke, unser Leben steht im Begriff sehr interes-sant zu werden", antwortete sie achselzuckend.

Damit drehte sich Mere Marie um und begann sich darauf vorzubereiten, ihren ersten gefallenen Engel kennen-zulernen.

SCHNAPP DIR EIN KOSTENLOSES BUCH!

MELDE DICH FÜR MEINEN NEWSLETTER AN UND ERFAHRE ALS ERSTE(R) VON NEUEN VERÖFFENTLICHUNGEN, KOSTENLOSEN BÜCHERN, RABATTAKTIONEN UND ANDEREN GEWINNSPIELEN.

kostenloseparanormaleromantik.com

ÜBER DEN AUTOR

Kayla Gabriel lebt in der Wildnis Minnesotas, wo sie, das schwört sie, Gestaltwandler in den Wäldern hinter ihrem Garten sieht. Ihre liebsten Sachen auf der ganzen Welt sind Mini-Marshmallows, Kaffee und wenn Leute ihren Blinker benutzen.

Tritt mit Kayla via E-Mail in Kontakt: kaylagabrielauthor@gmail.com und vergiss nicht, dir ihr KOSTENLOSES Buch zu sichern: http://kostenloseparanormaleromantik.com

http://kaylagabriel.com